通い猫アルフィーの奇跡

レイチェル・ウェルズ
中西和美 訳

ALFIE THE DOORSTEP CAT
BY RACHEL WELLS
TRANSLATION BY KAZUMI NAKANISHI

ハーパー
BOOKS

ALFIE THE DOORSTEP CAT
BY RACHEL WELLS

Published by K.K. HarperCollins Japan, 2015

ジンジャーへ。

リードをつけて一緒に散歩に出かけたあなたは、
人形扱いさせてくれた初めての猫でした。

亡くなってからずいぶんたちますが、
これからもあなたのことは決して忘れません。

謝辞

一緒に仕事をするチームに恵まれたおかげで、楽しく執筆にあたることができました。

優秀な編集者のヘレン・ボルトンにはとりわけ感謝します。作業はとても楽しく、ヘレンはわたしのデビュー作にアイデアと励ましと絶妙な導きをもたらしてくれました。エイボン社のチームがこの作品に多大な期待を寄せてくれたことも、大きな励みになりました。

一流のエージェントに恵まれたことも幸運でした。ケイト・バークと〈ダイアン・バンクス・アソシエイツ〉のみなさんに心から感謝します。

家族は応援を惜しまず、わたしが食事を抜かないように気遣ってくれたり、夜遅くまで執筆にあたれるようにしてくれました。すてきな友人たちは、アイデアを伝えるたびにわたしが脱線しないようにしてくれました――友人たちもこの作品の一端を担っている気がしています。

最後に、生まれてからずっと家族の一員だった猫たちに感謝します。この作品を彼らに捧げます。家族であり、友人であり、発想の源である猫たちには、何度も助けられました。

彼らは単なるペットではなく、それ以上の存在です。

通い猫アルフィーの奇跡

おもな登場人物

アルフィー――4歳の雄猫
マーガレット――アルフィーの亡き飼い主
アグネス――アルフィーの亡き姉さん猫
クレア――エドガー・ロード78番地の住人
ジョナサン――エドガー・ロード46番地の住人
ポリーとマット――エドガー・ロード22番地、22Aに住む夫婦
ヘンリー――ポリーたちの息子
フランチェスカとトーマス――エドガー・ロード22番地、22Bに住む夫婦
アレクセイとトーマス――フランチェスカたちの息子
タイガー――アルフィーの友人猫

Chapter 1

「片づけにそんなに時間はかからないと思うわ」リンダが言った。

「甘いよ、リンダ。お義母《かあ》さんが集めたがらくたを見てみろよ」ジェレミーが言い返す。

「がらくたじゃないわ。いい磁器もあるし、ひょっとしたら高価なものもあるかもしれない」

ぼくは眠っているふりをしていたけれど、しっぽがぴくぴくしないように気をつけながらふたりの会話に耳をそばだてていた。マーガレットのお気に入りだったソファで丸くなり、これからどうするか話しているマーガレットの娘と義理の息子に集中していた。ふたりの判断次第でぼくの今後が決まるのだ。

この数日は、混乱のうちに過ぎていった。ぼくにはなにが起きているのかよくわからなかったから、なおさらだ。でも、泣かないように必死でこらえながら耳を澄ませているうちに、もう元通りの暮らしはできないんだとわかってきた。

「そうだといいけどね。とにかく、ハウスクリーニングを頼もう。いらないものばかりに決まってるさ」

ぼくはこっそりふたりを窺《うかが》った。ジェレミーは背が高く、白髪混じりで短気だ。彼に好意を持ったことはないけれど、リンダのほうはいつもぼくにやさしくしてくれる。

「お母さんのものをいくつか取っておきたいわ。思い出に」リンダが泣きだした。ぼくも泣きたくなったけれど我慢した。

「わかるよ」ジェレミーが口調を和らげた。「でも、ずっとここにいるわけにはいかないだろう？　葬儀も終わったことだし、この家を売りに出すことを考えないと。片づけを終えれば、数日でうちに帰れる」

「本当にこれで最後っていう気がしてしまうの。でもそうね、あなたの言うとおりだわ」リンダがため息をついた。「アルフィーはどうすればいいかしら」

ぼくは緊張した。この瞬間をずっと待っていた。これからどうなるんだ？

「保護施設《シェルター》に連れていくしかないだろうな」全身の毛が根元から逆立った。

「シェルター？　でもお母さんはあの子をすごくかわいがっていたのよ。捨てるなんてかわいそうじゃない？」

そうだそうだと言ってやりたかった。かわいそうどころじゃない。

いよ」
「でも引き取れないのはわかってるだろう。うちには犬が二匹いるんだ。猫なんて飼えな

猛烈に腹が立った。ふたりと住みたいからじゃない。シェルターに行くなんてとんでもない話だ。

シェルター。その単語を聞くだけで体が震えてしまう。猫社会で〝死刑囚監房〟とみなされている場所の呼び名にしては、不適切もはなはだしい。なかには新しい家を見つける幸運な猫もいるかもしれないけれど、彼らがその後どうなるかなんてだれにわかる？ 引き取られた家族にやさしくしてもらえる保証はない。

知りあいの猫たちはみんな、口をそろえてシェルターはひどいところだと言っている。そして引き取り手がない猫たちに死刑宣告が迫っているのは歴然とした事実だ。自分では一種の魅力があるハンサムな猫のつもりでいるけれど、危ない橋を渡るつもりはない。

「そうね、犬たちに生きたまま食べられてしまうのが落ちだわ。それに最近のシェルターはちゃんとしてるから、きっとすぐ新しい家が見つかるわね」一瞬、リンダがまだ迷っているように口をつぐんだ。「いいえ、やっぱりやらなきゃね。明日の朝、シェルターとハウスクリーニング業者に電話するわ。そのあと不動産屋さんに来てもらいましょう」声から迷いが消えている。なにか手を打たないと、ぼくの運命が決まってしまう。

「冷静に考えられるようになってよかった。辛《つら》いのはわかる。でもきみのお母さんはかなり歳《とし》を取っていたんだから、予想がつくことだった」

「だからって辛くないわけじゃないわ」

ぼくは耳をふさいだ。小さい頭がくらくらした。二週間前、飼い主を、心底理解しあえた唯一の人間を亡くした。生活は一変し、胸が張り裂けそうで、心細くて、そのあげく、今度は宿無しになるらしい。ぼくみたいな猫はどうすればいいんだろう？

ぼくはいわゆる〝膝乗り猫〟だ。温かい膝と食べ物とやすらぎがあるのに、ひと晩じゅう外で狩りをしたり、うろついたり、ほかの猫とつるんだりしたいとは思わない。それに仲間もいた――家族が。それなのに、すべてを奪われて心はずたずただ。生まれて初めて、ひとりぼっちになってしまった。

生涯のほとんどを、この狭いテラスハウスで飼い主のマーガレットと暮らしてきた。アグネスという姉さんもいたけれど、ずっと年上だったから、おばさんみたいなものだった。一年前、アグネスが猫の天国に行ってしまったときは、本当に辛かった。辛くて辛くて、もうぜったい立ち直れないと思った。でもぼくのことをすごく愛してくれるマーガレットがいたおかげで、悲しみを共有できた。ぼくたちはアグネスのことが大好きで、いなくなってしまったことが寂しくてたまらなかったから、辛い気持ちは一緒だった。

でもつい最近、運命がどれほど残酷極まりないものか思い知らされた。二週間前のある日、マーガレットはベッドから起きてこなかった。猫のぼくにはなにが起きたのかも、どうすればいいのかもわからなかったから、マーガレットの隣で声を限りに鳴きつづけた。幸い、その日は週に一度の看護師が来る日で、チャイムを聞いたぼくは泣く泣くマーガレットのそばを離れて猫ドアから外へ飛びだした。

「あら、どうしたの？」必死で叫ぶぼくに看護師が訊《き》いた。看護師がまたチャイムを鳴らしたので、ぼくはしつこく彼女にまつわりつき、異変を伝えようとした。看護師はスペアキーを使って家に入り、そして、冷たくなったマーガレットを発見した。

看護師が何本も電話をかけるあいだ、ぼくはずっとマーガレットのそばに寄り添っていた。そのうち男たちがやってきてマーガレットを運びだし、ぼくはひたすら鳴きつづけた。付き添わせてもらえなかったとき、それまで当たり前と思っていた生活が終わってしまったのがわかった。マーガレットの家族が呼ばれ、ぼくはさらに鳴きつづけた。声がかれるまで。

ジェレミーとリンダが話をつづけているあいだに、ぼくはこっそりソファを飛びおりて外に出た。アドバイスを求めて仲間を探してうろついてみたけれど、ちょうどお茶の時間だったのでなかなか見つからない。でも通りの先にメイビスというやさしいおばあさん猫が住んでいるのを知っていたので、捜しに行った。

猫ドアの外に腰をおろし、大声で呼びかけた。メイビスはマーガレットが死んでしまったのを知っている。遺体が運びだされるのを見かけたあと、マーガレットを思って嘆き悲しむぼくを見つけてくれたのだ。あの日、どことなくアグネスに似ているやさしいお母さんみたいなメイビスは、ぼくを気遣い、声がかれるまで泣かせてくれた。ずっとそばにいて、リンダとジェレミーが来るまで食べ物やミルクを分けてくれた。

鳴き声を聞いて猫ドアから出てきたメイビスに、ぼくは状況を説明した。

「その人たちに飼ってもらえないのかい？」メイビスが悲しそうな目でぼくを見た。

「うん。犬がいるんだ。それにぼくも犬がいる家には行きたくない」想像しただけでメイビスもぼくも身震いした。

「とうぜんだわね」

「どうすればいいかわからないよ」ぼくは悲痛な思いを訴え、泣きそうになるのをこらえた。メイビスがぴったり体をくっつけてきた。最近までそれほど親しい仲じゃなかったけれど、メイビスはとても思いやりのある猫で、その友情がありがたかった。

「アルフィー、シェルターになんかぜったい行ってはだめだよ」メイビスが言った。「あたしが面倒を見てあげたいところだけど、できそうもないよ。年寄りだし、飼い主もマーガレットとあまり歳が違わないからね。めそめそしないで、新しい家族を自分で見つけないと」メイビスが愛情をこめて首をこすりつけてきた。

「でも、どうやって？」こんなに途方に暮れるのも怖い思いをするのも、初めてだった。

「教えてやりたいけど、あたしにもわからない。でも命がどれほどはかないものか、身をもって知ったはずだよ。だから強くなるんだ」

ぼくたちは鼻でキスを交わした。もう出ていくしかないのだ。

立ち去る前に、記憶に留《とど》めるために最後にもう一度だけマーガレットの家に戻った。忘れないように目に焼きつけて、旅の道連れにしたかった。元気を出すようすがほしかった。

ぼくはマーガレットが〝宝物〟と呼んでいた細々《こまごま》したものを眺めた。壁にかかる見慣れた写真を見た。分別のない仔猫《こねこ》だったとき爪とぎをした場所がすり切れているカーペットを見た。

この家はぼくで、ぼくはこの家だ。でもいまは自分がどうなってしまうか、見当もつかない。

食欲はなかったけれど、次にいつ食べられるかわからないのでリンダがくれたものを無理して食べ、そのあと我が家だった家のなかを歩きまわって見納めをした。いつもぬくもりと安全をくれた家を。そしてこれまでに学んだことを思い浮かべた。ここで四年暮らすあいだに、たくさんの愛を知り、なにかを失うことを学んだ。これまではただ世話をしてもらっていたけれど、これからは違う。

ここに来た小さな仔猫だったころを覚えている。アグネスがどんなふうにぼくをいやがり、敵とみなしたか覚えている。どうやってアグネスに好きになってもらったかも、マーガレットがどんなふうに、ぼくたちが世界でいちばん大事な猫みたいに接してくれたかも、覚えている。

ぼくは自分がどれほど幸運な猫だったか考えた。でも、その運も尽きたのだ。唯一知る生活を思いだして嘆く一方で、生存本能も湧きあがってきたけれど、どうすればいいのかまったくわからない。

それでも未知の世界へ飛びこむ覚悟を決めるしかなかった。

Chapter 2

傷ついた心と、ほかにまともな選択肢もない不安を抱えたまま、唯一の我が家だった家をあとにした。行くあても、乗りきる策もなかったけれど、シェルターに頼るより自分自身と限られた能力に頼るほうがましなのはわかっている。それに、ぼくみたいな猫には我が家と愛情が必要なのもわかっていた。

恐る恐る闇夜に踏みだすと恐怖で小さな体が震え、なんとか勇気を出そうとした。知らないことばかりだけれど、ひとりぼっちはいやだ。なにがなんでも乗れる膝が、できれば複数の膝がほしい。そんな目的を胸に、必死で勇気を振り絞った。勇気を出せばなんとかなるはずだし、きっとそうなると思いたかった。

勘を頼りに歩きだした。不穏な闇夜に通りをうろつくのは慣れていなかったけれど、耳も目もしっかり利くから大丈夫だとひたすら自分に言い聞かせた。マーガレットとアグネスの声を思いだし、自分を駆り立てて歩きつづけた。

最初の夜はさんざんで、怖くて長かった。月が高くなったころ、一軒の裏庭の奥で物置を見つけた。脚は痛むし疲れきっていたから、運がよかった。扉があいていて、なかは埃《ほこり》とクモの巣だらけだったけれど、くたくたで気にする余裕もなかった。薄汚れた硬い床の隅で丸くなり、あっという間に寝てしまった。

怒号で夜中に目を覚ますと、目の前に大きな黒猫が立っていた。ぼくはぎょっとして飛び起きた。黒猫に怖い顔でにらまれ、脚ががたがた震えたものの、一歩も退かずに踏ん張った。

「ここでなにをしてる?」黒猫がシャーッと威嚇してきた。

「眠りたかっただけだ」堂々と答えたかったのに、失敗した。逃げ場はなく、震えながら立ちあがって威嚇しようとした。黒猫がにやりと不敵な笑みを浮かべるのを見て、危うく腰が抜けそうになった。

黒猫が前脚を伸ばしてぼくの頭を引っかいた。ぼくは悲鳴をあげ、あまりの痛みに縮こまりたくなったけれど、目の前の凶暴な相手から逃げなければいけないのはわかっていた。黒猫がまたきらめく爪で顔を狙ってきた。でも幸い、ぼくのほうが機敏だった。

ぼくは戸口へ突進し、相手のごわごわした毛をかすめながら脇をすり抜けて外へ逃げた。黒猫が振り向いてふたたびシャーッと言った。ぼくもシャーッと言い返し、短い脚が許す限り猛スピードで走った。少ししてから立ちどまり、息切れしながら振り向くと、もうだれもいなかった。

初めて危ない目に遭ったことで、こういう事態を切り抜けるにはもっと毛を伸ばして厚くする必要があると学んだ。前脚で毛並を整え、ひりひりする引っかき傷のことは考えないようにした。必要に迫られればすばやく動けるのがわかったし、危険を逃れるにはそれが役に立つこともわかった。歩きつづけるあいだ恐怖に捉われて何度か悲鳴をあげたけれど、恐怖はぼくを駆り立ててもくれた。

夜空の星を見あげ、アグネスとマーガレットにはぼくが見えるんだろうかと改めて思った。そうだといいけれど、わからない。ぼくの知識なんてたかが知れている。

ようやくまた立ちどまる気になったときはおなかが空《す》いていて、しかも寒くてたまらなかった。マーガレットの暖炉の前にいるのに慣れていたぼくにとって、これは未知の生き方だった。食べ物がほしければ狩りをするしかない。これまでほとんどやる必要がなく、上手でもないことを。

においをたどっていくと、大きな家の外に置かれたゴミ容器のまわりをネズミがうろついていた。特別な日にマーガレットがくれる魚をのぞけばいつも缶フードを食べていたから気は進まなかったものの、一匹を隅に追い詰めて襲いかかった。経験したことがないほど空腹だったせいで、けっこうおいしく感じられ、先へ進む力が湧いた。

夜明けまでひと晩じゅうあてもなく歩きまわり、自分がまだ遊び好きなアルフィーなのを忘れないように、しっぽを追いかけたり獲物に飛びつく練習をしたりした。太ったハエをつかまえたとき、体力を温存する必要があることを思いだした。次にどこで食べ物を見つけられるかも、それをつかまえられるかもわからないのだ。

相変わらず行くあてもないうちに大通りにぶつかり、渡るしかなくなった。ぼくは道路にも車にも慣れていない。仔猫《こねこ》のころマーガレットに、道路に近づいてはいけないと教えられた。車やヴァンが大きな音を立てて行き交う道路は、やかましくて恐ろしかった。心臓をどきどきさせて歩道にたたずんでいると、車が途切れた。目をつぶって駆けだしそうになったけれど、ばかなまねをしないうちになんとか脚の震えを抑えた。

恐る恐る一方の前脚を車道に踏みだした瞬間、轟音《ごうおん》をあげて車が近づいてきた。クラクションが鳴り響き、左を向くと巨大なふたつのライトが迫っている。ダッシュして、これまで出したことがないスピードで走る途中、なにかがしっぽをかすめてぞっとした。

ぼくは悲鳴をあげてさらにスピードをあげ、歩道に着地した。どきどきしながら振り向くと、猛スピードで走り去る車が見えた。危うく下敷きになるところだったのだ。九つの命のひとつを使ってしまったのかもしれない。そう、猫にはぜったい命が九つあるはずだ。

ようやく呼吸が整うと、ふたたび恐怖心に突き動かされ、がくがくする脚で道路を離れて一軒の門の前に倒れこんだ。

数分後、玄関があいて女の人が出てきた。リードをつけた犬を連れている。犬に激しく吠《ほ》え立てられ、ぼくはまた安全な場所へ逃げるしかなかった。女の人がリードを引っ張って犬を叱りつけた。ぼくはうなっている犬にシャーッと言い返した。

短いあいだに、この世は危険で敵にあふれた場所だと学んでいた。アグネスとマーガレットと暮らした我が家とは大違いの場所。本当にシェルターのほうが危険なのか、わからなくなってきた。

でも、もう後戻りはできない。ここがどこかわからなかった。出発したときは目的地もなかったし、どんな目に遭うのかもわからなかったけれど、希望はあった。多少は放浪するはめになっても、いずれやさしい家族かかわいい女の子がぼくを見つけ、新しい家へ連れていってくれると心のどこかで思っていた。恐怖にさらされ、ときには命がけで走り、何度も飢えで野垂れ死にしそうになるたびに、ぼくはそんな情景を思い浮かべた。

すでに方向感覚を失い、喉が渇いて疲労はピークに達していた。ぼくを突き動かしていたアドレナリンが尽きかけ、脚がずっしり重く感じられた。

ぼくは裏通りに入った。フェンスに飛び乗ってバレリーナみたいにバランスを取れば、安全な高い場所からあたりを見おろしながら進めるはずだ。だから残り少ない体力を振り絞ってフェンスに飛び乗った。

支柱つきの大きな水盤がある庭が見えた。鳥が水を飲めるようにとマーガレットの庭に置かれていた水盤に似ている。ぼくはフェンスから飛びおり、どうにかその水盤によじ登った。喉がからからで、喉を潤すためなら世界一高い山にだって登れそうな気がした。むさぼるように水を飲むと、たちまち生き返った心地がした。ぼくは鳥たちを追い払った。これはぼくの水だ。水盤が空になるとフェンスに戻り、以前の生活からさらに遠ざかった。

その夜はありがたいことに平穏に過ごせた。何匹かの猫に遭遇したが、みんな求愛や子づくりに夢中でぼくには見向きもしなかった。

ほかの猫に関する知識の大半は、初対面のころにはろくに動かなくなっていたアグネスから教わったものだし、同じ通りに住む猫たちはおおむね友好的で、なかでもメイビスはなにかと親切にしてくれた。出会った猫たちに助けを求めたかったけれど、みんな忙しそうだったし、ぼくも黒猫との一件以来びくびくしていたので、慎重に小走りで移動しつづけた。

朝になると、かなり遠くまで来た気がした。でもまた空腹を覚えたので、親切な猫に食べ物を分けてもらえるように精一杯同情を引いてみることにした。

光沢のある赤い玄関の外で日向《ひなた》ぼっこをしている猫がいた。ぼくは恐る恐る近づいて喉を鳴らした。

「あらやだ」大きなトラ猫が言った。「薄汚い子ね」

むっとしかけたが、考えてみればマーガレットの家を出てから生き延びるのとトラブルを避けるのに夢中で、まともに毛づくろいをしていない。

「帰る家がなくて、おなかも空いてるんだ」ぼくは訴えた。

「ついてきて。食べる物を分けてあげる」トラ猫が言った。「でも食べ終わったら出ていってね。もうすぐ飼い主が帰ってくるし、うちのなかに野良猫がいたらいやがるから」

その瞬間、自分はれっきとした野良猫なんだと思い知らされた。家はなく、家族も守ってくれる存在もない。独力で生きていくしかない不運な猫の仲間になったのだ。びくびくしながら常に空腹と疲労を抱えて生きる猫たち。体調万全と感じることはついぞなく、常に体調万全には程遠く見える猫たち。そこに仲間入りしたと思うと、恐ろしかった。

ぼくはありがたく食べ物を分けてもらい、親切なトラ猫にお礼と別れを告げてふたたび歩きだした。相手の名前すら訊《き》かなかった。

精神状態が体に影響を及ぼしていた。深い悲しみはぼくの一部になり、毛の一本一本までマーガレットを恋しく思うたびに胸が痛んだ。

でも、ぼくは愛がどんなものか知っている。飼い主と姉さん猫の愛を。そして、彼らと彼らの愛に報いるためにも、弱音を吐いてはいられない。おなかがいっぱいになって元気が回復したおかげで、また頑張れる気がした。

Chapter 3

数日がたち、懐かしい我が家とどこことも知れぬ行き先を隔てる距離が延びていた。親切な猫や喧嘩腰《けんかごし》の猫に出会い、やたらと吠《ほ》えかかってくる意地悪な犬にもたくさん遭遇したけれど、幸いつかまらずにすんだ。

移動するときも逃げるときも常に気を抜けないので、体力も気力も消耗していた。いざとなれば反撃できるようにはなったが、喧嘩は性に合わず、その一方どうやらサバイバルは向いているようだった。車や猫や犬をかわす日々を送るうちに、外の世界で生きるしたたかさが少しずつ身についていた。

とはいえ日に日に体重が落ちてつややかだった毛並はごわごわになり、寒くて疲れていた。どうしてまだ生きているのか自分でもわからなかったし、こんな暮らしをするはめになるなんて思ってもいなかった。生まれてこのかた感じたことがない悲しみに捉われ、想像を絶するほど孤独だった。眠るたびに悪夢を見たし、目覚めるたびにおのれの苦境を思いだして涙に暮れた。最低の日々のなか、すべてを終わらせてしまいたくなることもあった。自分があとどれだけこの旅をつづけられるか、わからなかった。

世の中は容赦ないせちがらい場所だと思い知らされた。心身ともに消耗し、気分がふさいで一歩踏みだすのにも苦労した。

天気も気分に影響していた。雨が降って寒く、さっぱり毛が乾くことなどない気がして、体は芯まで冷えていた。宿無しになって未来とやさしい家族を探しはじめてから、当初思い描いていたようなかわいい女の子は現れていない。いまのところ助けてくれた人間はなく、これからも現れない気がした。自分を憐《あわ》れむどころではなかった。

また大通りにぶつかった。道路を見るといまだに恐怖に襲われ、以前より渡るのが上手になったとはいえ車道におりるたびに命の危険を感じた。道路を渡るときは、どんなに長く待たされようと時間をかけなければいけない。だから腰をおろし、車の流れがしっかり途切れるまで左右をチェックした。それでも全速力で駆け抜け、渡りきったときは息が切れていた。

ところが道を渡ることに気を取られ、反対側にいる太った小型犬に気づいていなかった。犬はぼくに向かってうなり、よだれをしたたらせて鋭い牙を見せつけた。あいにくリードも飼い主も見あたらない。

「シャーッ」ぼくは怯《おび》えながらも犬を引きさがらせようとした。相手との距離はにおいがわかるほど近い。

犬が吠え、いきなり飛びかかってきた。ぼくは疲れをよそに飛びすさって逃げだしたが、すぐうしろに相手の息遣いを感じた。スピードをあげながら思いきって振り向くと、犬が踵《かかと》に噛《か》みつこうとしていた。太っているわりに敏捷《びんしょう》で、激しく吠え立てている。

角を曲がると細い路地が見えた。ぼくはすばやく向きを変えて全速力で路地を走った。何キロも走ったような気がしてからスピードを落とすと、静かになっていたので振り返った。ありがたいことに、犬の姿は消えていた。なんとか逃げきれたのだ。

心臓をばくばくさせながらさらにスピードを落として路地を進むと、人間が野菜を育てている市民農園があった。まだ雨が降っていて人間はふたりしかいなかったから、びしょ濡《ぬ》れで疲れていたけれど堂々とした足取りで雨宿りをする場所を探しに行った。区画割りされた菜園のひとつに物置があり、扉が少しあいていた。へとへとで、なかで待ち構えているものを心配する余裕もなく、鼻でドアを押しあけた。寒さと不安で、すぐに体を休める乾いた場所を見つけないと具合が悪くなりそうで怖かった。

物置にもぐりこむと、ありがたいことに隅に毛布があった。黴臭《かびくさ》くて肌触りが悪く、以前の暮らしで使っていた高級品には程遠い。とはいえ、いまはそこが宮殿のように感じられた。ぼくは丸くなって横たわり、なんとか毛を乾かそうとせっせと舐《な》めた。飢え死にしそうだったけれど、食べ物を探しに出かける気になれなかった。

屋根に打ちつける雨音を聞きながら、声を出さずに泣きつづけた。自分がどれほど甘やかされていたか、いまならわかる。マーガレットと暮らしていたとき、当たり前と思っていたものをあげたらきりがない。食べ物を与えられ、愛情を注がれ、暖かくして面倒を見てもらった。冷えこむ日は居間の暖炉の前でぬくぬく過ごした。冬は日の当たる窓辺で日《ひ》向《なた》ぼっこをした。ちやほや大事にされ、なに不自由なく暮らしていた。自分がどれだけ恵まれていたか、失ってから気づくなんて皮肉なものだ。

そのあげく、どうなった？　メイビスに旅立つように言われたときは、それがどういうことかよくわかっていなかった。こんなふうにこのままやっていけるか自問するなんて、思いもしなかった。正直言って、つづける自信がない。ぼくの旅はこの物置で、黴臭い毛布の上で終わるんだろうか。それが運命？　そうでないといいけれど、ほかの可能性は思いつかない。自己憐憫《れんびん》にひたってはいけないとわかっていても、やめられなかった。むかしの暮らしが懐かしくて、この先どうなるのかまったくわからなかった。

いつのまにか眠ってしまったに違いない。気がつくとふたつの目に見つめられていて、ぼくは目をぱちくりさせた。

目の前に一匹の雌猫が立っていた。真っ黒で、両目が松明《たいまつ》のように光っている。

「なにもしないよ」ぼくはすかさず言った。もし相手に敵意があるなら、もう殺されてもいいと思った。

「猫のにおいがしたの。ここでなにをしてるの？」敵意は感じられない。

「休みたかったんだ。犬に追いかけられて、ここにたどり着いた。ここは暖かくて乾いていたから――」

「野良猫なの？」

「そんなはずじゃなかったけど、そうらしい」ぼくはしょんぼり答えた。

雌猫が背中を弓なりにした。「ここはあたしの狩場よ。あたしは野良猫暮らしが気に入ってるの。ここは食べ物を探しに来る獲物をたくさんつかまえられるのよ、ネズミとか鳥とかね。言わば、縄張りみたいなものね。あんたに横取りする気がないか、確認だけさせてちょうだい」

「横取りなんてしないよ！」ぼくは声を荒らげた。「雨宿りしたかっただけだ」

「そのうち雨にも慣れるわ」雌猫が言った。

〝とんでもない〟と言ってやりたかったけれど、できたばかりの友だちを怒らせたくなかった。ぼくはゆっくり起きあがり、雌猫に近づいた。

「濡れても平気になるの?」それがぼくの未来なんだろうか。

「さあね。でも慣れはするわ」雌猫の瞳が翳《かげ》った。「とりあえず、ついてきて。一緒に狩りをして水が飲める場所を教えてあげる。でも朝になったら出ていってよ。いいわね?」

ぼくは条件を呑《の》んだ。

食事をして水を飲んだが、気分はよくならなかった。ふたたび毛布で丸くなると、友だちは去っていった。

生きてこの旅を乗り越えられそうにない現状を思い、ぼくはひたすら奇跡を祈った。

Chapter 4

朝になると雌猫との約束どおり出発したけれど、気分は落ちこんでいた。それから数日のあいだに、相反する思いがくり返し去来した。ある日は天気と飢えと孤独感ばかりが身に染みて、これ以上旅をつづけるのは無理な気がした。でも次の日になると、マーガレットとアグネスのためにあきらめずに頑張ろうと思った。探索の旅へのあきらめと、やり遂げる決意のはざまで揺れていた。

食べ物と水をなんとか調達し、だんだん自給自足できるようになっていった。相変わらず雨は嫌いだけど、悪天候にも慣れてきた。楽しめはしないながらも狩りはわずかに上達し、いくらかしぶとく生きるすべも知った。立ち直りの早さに問題があるだけだ。いまはまだ。

ある晩、前向きな気分になっていたとき、大きな戸口の周辺に集まる数人の男たちに遭遇した。そばにある段ボールの山が悪臭を放っている。全員が瓶を持っていて、ぼくと同じぐらい顔が毛だらけの者もいた。

「猫だ」毛だらけ男のひとりがろれつの怪しい口調で言い、瓶の中身をあおった。男がこちらに向かって瓶を振るとすえたにおいがして、思わずひるんだ。危険な相手なのか確信が持てずにゆっくりあとずさるぼくを見て、みんな笑っている。するとひとりが瓶を投げつけてきた。瓶はひらりとよけたぼくの真横で粉々になった。

「あったかい帽子がつくれそうだな」別の男の笑い声には、わずかに悪意が感じられた。ぼくはさらに距離をあけた。

「食い物はねえよ。さっさとうせろ」三人めの男が冷たく言い捨てた。

「帽子にする毛皮をはいでから食っちまおうぜ」もうひとりが笑っている。ぼくは恐怖で目をみはり、さらにあとずさった。

するとどこからともなく現れた猫に声をかけられた。

「ついてこい」

ぼくはその猫を追って通りを駆け抜けた。これ以上走れないと思ったとき、相手が立ちどまった。

「あの人たちは何者？」息を切らしながらぼくは尋ねた。

「近所の酔っ払いさ。住む家がないんだ。近づかないほうがいい」

「でも、家がないのはぼくも同じだよ」また泣きたくなってきた。

「それは気の毒な話だな。それでもあいつらには近づくな。友だちになれる相手じゃない」

「酔っ払いってなんだい？」世の中のことをなにも知らない仔猫《こねこ》になった気分だった。

「人間の一種だよ。なにかを飲んだせいで変わってしまうんだ。ミルクでも水でもない。とりあえず一緒に来いよ。今夜は食べ物とミルクとゆっくり眠れる場所を提供してやるから」

「ずいぶんやさしいんだね」

「おれにも経験があるんだ。しばらく宿無しだった」そう言うと猫は歩きだし、ついてくるように前脚で合図した。

相手はボタンという名前の猫だった。ボタン自身はばかげた名前だと思っているが、幼い飼い主は〝ボタンみたいにかわいい〟と意味不明なことを言っているらしい。案内された家は真っ暗で、暖かくて安全な場所にいられるのが嬉《うれ》しかった。近いうちになんとしても住むところを見つけなければと、改めて思わされた。ぼくはボタンにこれまでの話をした。

「大変だったな」ボタンが言った。「でも、これでわかっただろ？　おれもそうだったけど、飼い主はひとりじゃだめなんだよ。おれはときどき通り沿いの別の家に通ってるんだ」

「そうなの？」興味をそそられた。

「おれは自分を〝通い猫〟だと思ってる」

「なにそれ」

「つまり、ふだんは一箇所で暮らしてるけど、入れてもらえるまでほかの家に通うのさ。いつも入れてもらえるとは限らない。でもおれには別宅があって、そこで暮らしてるわけじゃないけど、なにかあっても選ぶ道はあると思えるだろ」ボタンの説明によると、通い猫は複数の家族から何度も食べ物をもらえ、かわいがられ、世話をされて、ハイレベルな安全を確保できるらしい。

　ぼくのようにボタンは宿無し状態を心底嫌っていたが、ぼくと違って子どもに助けてもらえるように画策したのだ。新しい家族を見つけると、全力で憐《あわ》れっぽさを装い、同情を誘って飼ってもらえるように仕向けた。

「じゃあ、食べ物とブラッシングが必要みたいなふりをしたの？」興味をそそられ、耳がぴくぴくした。

「まあ、ふりをしなくても実際そう見えたしね。でもおれは運がよかったんだ。当時のおれはどうしても助けと、受け入れてくれるだれかがほしかった。なんなら協力するぜ」

「ぜひ頼むよ」

ボタンのバスケットに入れてもらったぼくは、一緒に丸まって深夜まで話しつづけた。ボタンの飼い主が帰ってこない早朝のうちに出ていく必要があったので、あまり眠れなかったけれど、マーガレットの家を出てから初めて安らかに過ごせた。

そして頭のなかである計画が生まれていた――ぼくはりっぱな通い猫になろう。

Chapter 5

翌朝、ボタンの家をあとにした。安全な夜を過ごしたあとで立ち去るのは残念だったけれど、少なくとも行き先はボタンに教わってあった。それはこの界隈《かいわい》のまともな通りがある方角で、「家族に人気がある西の地区を目指し、ここぞという通りが見つかるまで歩きつづけろ」と言われた。

自分の勘を信じるしかないが、ボタンは、たどり着きさえすればすぐにそれとわかると思っているようだった。ぐっすり眠っておなかもいっぱいになったぼくは、教えてもらった方向へ歩きだし、危険を避けながら鼻を頼りに進んだ。

以前より気分は前向きになっていたが、ボタンに出会ったことをきっかけにひと晩ですべてが一変するというわけにはいかなかった。相変わらず油断を怠れない日々がつづいた。空腹や疲れを感じながら疲労に脚を震わせ、雨で毛並を張りつかせたまま歩きつづけるしかない日は、もっと多かった。生きながらえてはいたけれど、長くて辛《つら》い旅だった。ぼくはいずれきっと報われるとひたすら自分に言い聞かせた。

そして、ついにボタンが話していたような魅力的な通りにたどり着くと、ひと目でここが探していた場所だとわかった。具体的には言えないけれど、直感した。とにかくわかったのだ。ここここぼくの居場所だと。ぼくは〝エドガー・ロード〟と書かれた標識の横に座り、唇を舐《な》めた。マーガレットの家を出てから初めて、なにもかもうまく行きそうな気がした。

すぐにエドガー・ロードが好きになった。長い通り沿いにさまざまなタイプの家が立ち、ビクトリア朝風のテラスハウスや現代風のシンプルな家、大きめの一戸建て、複数の家族が住めるように分割された建物もある。なにより気に入ったのは、〝売り家〟や〝空室あり〟の看板がたくさんあることだ。こういう看板は、間もなく新しい住人が増えることを示しているとボタンに教わった。そして新しい住人がいちばんほしがるのは、ぼくみたいな猫に決まっている。

それから数日のあいだに、数匹の近所に住む猫に会った。ぼくの計画を話すと、みんな協力すると言ってくれた。エドガー・ロードの猫たちはおおむね気立てがいいようだった。親切な猫がいる地域に住むのは大事なことだ。ボス猫二匹と、だれに対してもそっけないかわいい猫が一匹いたけれど、それ以外はみんな愛想がよく、どうしても困ったときは食べ物や水を分けてくれた。

日中はほかの猫との会話からできるだけ情報を集め、空き家を下見に行ったり有望そうな家を探したりした。夜はあくまでおなかを満たすために狩りをした。

エドガー・ロードに来てそろそろ一週間になるある晩、目をつけていた空き家の前に座っていると、とびきり意地悪な雄猫に見つかってしまった。

「よそ者め。さっさと出ていけ」雄猫がシャーッと言った。

「いやだ」ぼくは威嚇し返し、ひるまないようにした。相手のほうが体格がいいし、こっちの体調はまだ万全とは言えない。さんざんな目に遭ってきたから闘志も品切れの気がするけれど、あきらめるわけにはいかない。そのとき物音に気を取られ、見あげると一羽の鳥が頭のすぐ上を飛んでいった。雄猫がその隙を捉え、前脚を伸ばしてぼくの片目の上を引っかいた。

ぼくは悲鳴をあげた。猛烈に痛み、みるみる出血したのがわかった。悠然と迫ってくる相手にぼくは唾を吐きかけた。どうやら噛《か》みつくつもりらしい。

空き家の隣にはタイガーという名の茶トラが住んでいて、仲良くなっていた。出し抜けにタイガーが現れ、ぼくと雄猫のあいだに立ちはだかった。

「あっちへ行って、バンディット」タイガーが怒鳴りつけた。バンディットは抵抗するそぶりを見せたが、やがて踵《きびす》を返して去っていった。「血が出てるわ」タイガーがぼくに向き直って言った。

「隙を突かれたんだ、ほかのことに気を取られてた」ぼくは負け惜しみを言った。「あんなやつ、簡単にやっつけられる」

タイガーが笑みを浮かべた。「そうね、あなたならきっとできる。でもまだ危なっかしいところがあるわ。とりあえず、一緒にいらっしゃい。食べ物を分けてあげる」

タイガーのあとを追いながら、ぼくは彼女がこの通りでの親友になるだろうと確信した。

「あんまり見栄えがよくないわよ」ありがたく食事をしているぼくにタイガーが言った。

ぼくは傷つかなかったふりをして、力なく応えた。「知ってるよ」実際そうだ。エドガー・ロードにたどり着いたときは、かつてないほど痩せていた。毛並は艶を失い、路上生活と栄養不足でへとへとになっていた。そんな姿になるまでどのぐらいかかったのかわからないけれど、ずいぶん長かった気がする。いまは陽気が変わり、気温があがって夜も過ごしやすくなっている。まるで日の出が近いように感じられた。

タイガーと親しくなるころには、新しい通りにも慣れはじめていた。あちこち歩きまわったので、この通りのことはもう、隅から隅まで知っている。どこにどの猫が住んでいて、それが感じのいい猫かそうでないかも。凶暴な犬がいる場所も、そういう犬から何度も逃げたせいで、どの家を全力で避けるべきかもわかっている。エドガー・ロードのあらゆるフェンスや塀の上を歩いた。ぼくにはここが新しい我が家――もっと正確に言えば複数の我が家だという確信があった。

Chapter 6

ぼくは、たくましい男性がふたりがかりで引っ越しトラックから最後の家具をおろすのを観察していた。いまのところ、観察したものに文句はなかった。寝心地がよさそうな青いソファ、複数の大きなフロアクッション、専門家じゃないから断言はできないけれど、年代物と思われる豪華な張地のアームチェア。トラックからおろされたのは、それ以外にもいろいろあって、服、たんす、封をされた箱がたくさん。でもぼくの関心の対象はもっぱら柔らかい家具だった。

嬉《うれ》しくてしっぽがぴくぴくし、思わず浮かんだ笑みで髭《ひげ》が立った。どうやら新しい我が家の候補が見つかった。エドガー・ロード七十八番地。

休憩に入った引っ越し業者がプラスチックのカップでなにか飲みはじめたので、その隙にこっそり家のなかに入った。好奇心を抑え、まずはまっすぐ床を突っ切って裏口を確認した。通り沿いに立つすべての家の庭に来たことがあるから、ここに猫用ドアがあるのは知っていたが、それでも確認しておきたかった。やっぱりある。自分の抜け目なさに気をよくして喉を鳴らし、猫用ドアをくぐって庭に隠れた。

狭い裏庭でひとしきり自分の影を追いかけたり、ハエを探していたぶったりしてから、わくわくしながら念入りに毛並を整えた。あふれんばかりの期待を抱え、飼い猫に戻れたらどんなにいいだろうと胸を躍らせて家のなかに戻った。座れる膝やミルクやたっぷりの食べ物がほしくてたまらなかった。ささやかなものばかりだけれど、いまは当たり前のものじゃないとわかっている。なにかをあって当たり前と思うことは二度とないだろう。

ぼくはばかじゃない。これまでの旅と道中で出会った猫たちから、多くを学んだ。二度と人間ひとりにすべてを託すつもりはない。その結果どうなるかは、いやというほど思い知らされた。しかも最悪なかたちで。むやみに相手を信じたり、ぼんやり日々を送っている仲間もいるが、そうはしていられないのだ。

一途《いちず》な飼い主を一途に慕う猫になりたいのはやまやまだけれど、それではあまりに危なっかしい。もう二度とあんな思いはしたくない。もうひとりぼっちには耐えられない。

ここ数週間で味わった、思いだすだけで毛が逆立ってしまう恐怖を頭から追い払い、新しい飼い主に意識を集中した。どうか柔らかい家具と同じぐらいすてきな人たちでありますように。

家のなかを歩きまわるうちに、空が暗くなって気温がさがってきた。どうして家具だけ運びこんで持ち主は姿を見せないんだろう。筋が通らない。だんだんまだ見ぬ飼い主がどんな人か心配になってきた。でも落ち着くように自分に言い聞かせ、前脚で顔を洗って心を鎮めた。この家の新しい住人が着いたときのために、精一杯見た目をよくしておく必要がある。不安でどうにかなりそうだった。

なにしろ野良猫暮らしが長すぎて、頑張るのも限界に来ていた。ふたたびやきもきしかけたとき、玄関があく音がしたので、耳をそばだてて伸びをした。

ついに新しい家族と対面するときが来たのだ。ぼくは精一杯チャーミングな笑みを浮かべた。

「わかってるわ、お母さん。でもしょうがなかったのよ」

女の人がしゃべっている。短い沈黙。

「出発した二時間後にあのポンコツが壊れちゃって、ここ三時間はロードサービスの男性と一緒だったから着くのが遅くなったの。ものすごくおしゃべりな人で、正直言って頭がどうかなりそうだったわ」ふたたび沈黙。いらだってはいるけれど感じのいい声だったので、ぼくはそっと近づいた。「ええ。家具は全部届いてるみたい。それに鍵は頼んだとおり玄関ドアの郵便受けからなかに入れてあったわ」沈黙。「エドガー・ロードはスラム街じゃないのよ、お母さん。心配ないわ。とにかく、さんざんな一日を過ごしたあと、たったいま玄関を入ったばかりなの。明日また電話するわ」

ぼくは角を曲がって女の人と顔を合わせた。ずいぶん若く見えた。年齢を判断するのが得意なわけじゃないけれど、少なくともマーガレットみたいに皺《しわ》だらけではない。かなり背が高く、すごく痩せていて、ダークブロンドの髪はぼさぼさで悲しげな青い目をしている。第一印象もよかったが、悲しそうな目にも強く引きつけられた。ぼくにこの人が必要なように、この人にもぼくが必要だと直感した。たいていの猫のように、ぼくも見た目で人間を判断せずに人柄を見る。そしてたいていの猫には善人と悪人を見分ける能力が備わっている。この人なら大丈夫だ――たちまち嬉しさがこみあげた。

「あなたはだあれ？」女性の声が一気にやさしくなった。ペットや赤ん坊は脳みそが足りないと思っている人間が使いがちな口調。本来なら軽蔑の視線を送りたいところだけれど、いまは愛想よくする必要がある。だから精一杯にっこりしてみせた。女性がしゃがみこんだので、ぼくは喉を鳴らしてゆっくり近づき、脚に体をこすりつけた。いざとなれば相手の気を引くやり方ぐらい心得ている。

「かわいそうに、飢え死にしそうじゃない。それにその毛並、喧嘩《けんか》したみたいにところどころ禿《は》げてる。喧嘩したの？」やさしく話しかけられ、ぼくは喉を鳴らしてそうだと伝えた。最近は水に映った姿しか見ていないが、タイガーに言われて見栄えがよくないのはわかっている。そのせいでもう一度脚にすり寄るのを拒否されないように祈るばかりだ。

「いい子ね。名前はなんていうの?」そう尋ねると、女性はぼくの首からさがる銀色の丸い名札を見た。「ああ、アルフィーっていうのね。こんにちは、アルフィー」

女性がぼくを抱きあげ、〝禿げた〟毛並を撫《な》でた。撫でられるのは久しぶりで、天にも昇る気分だった。まるで強い絆《きずな》で結ばれた相手とにおいを伝えあっているようで、仔猫《こねこ》のころを思いだした。知らず知らずのうちに、最近は夢見ることしかできなかったくつろぎを感じていた。

改めて思いきり喉を鳴らし、女性に体をすりつけた。

「よしよし、アルフィー。わたしはクレア。この家が猫つきだったはずはないけれど、食べる物を探してみましょう。すぐ飼い主に電話してあげるわ」ぼくはまたにんまりした。気がすむだけ電話すればいい。どうせ首の名札に書かれた番号にかけても無駄だ。

ぼくはしっぽをピンと立て、新しい友だちによろしくと伝えながら、意気揚々とクレアと並んで歩きだした。クレアが玄関に戻って買い物袋をふたつ取り、キッチンへ運んだ。キクレアが袋の中身を出しているあいだに、新しい食事場所をしっかりチェックした。キッチンは狭いけれど最新式だ。棚の扉は光沢のある白で、カウンターは木製。すっきり整頓されている。もっとも、この家は空き家だったのだからとうぜんだ。

以前住んでいた家のキッチンはかなり旧式で、雑然としていた。いまでもマーガレットの家のことを思いだすと、胸が痛む。巨大な食器棚がでんと据えてあり、いたるところに飾り皿があった。仔猫のころ、うっかり一枚割ってしまったことがある。マーガレットがひどく取り乱したので、そのあとは近づかないようにしていた。でもクレアが飾り皿を持っているとは思えない。そういうタイプには見えない。

「さあ、どうぞ」クレアは箱から出したボウルを床に置くと、ミルクをよそった。それから包みを開き、スモークサーモンを皿に載せた。

うわあ、すごいおもてなしだ――ぼくはびっくりした。この家にキャットフードがあるとは思っていなかったけれど、こんなごちそうをしてもらえるとも思っていなかった。今日はミルクをもらえるだけでも嬉しかったはずだ。その場でクレアが好きになった。

ぼくが食事をしているあいだに、クレアはボウルを出した箱からグラスをひとつ取り、買い物袋からワインボトルを出した。グラスにワインを注《つ》ぎ、一気にあおっておかわりを注いでいる。ぼくは驚いて顔をあげた。そうとう喉が渇いていたに違いない。

食べ終わると、クレアの脚に体をこすりつけて感謝を伝えた。心なしかぼんやりした様子のクレアがぼくを見た。

「そうだわ、飼い主に電話しないとね」うっかりしていたようにクレアが言った。その必要はないと鳴いてみたが、伝わらなかったらしい。クレアがしゃがんで首の名札を見た。携帯電話に番号を打ちこみ、応答を待っている。応答がないのを知りつつも、ぼくは不安を覚えた。

「変ね」クレアがつぶやいた。「つながらない。きっと故障してるのね。心配しないで、追いだしたりしないから。今夜はうちに泊まりなさい。明日もう一度かけてみるわ」

ぼくは感謝の印に大音響で喉を鳴らし、心からほっとした。

「でも、うちに泊まるなら、お風呂に入らないと」クレアがぼくを抱きあげた。ぞっとして耳がそばだった。お風呂？　ぼくは猫だ、体は自分で洗う。ぼくは抗議の声をあげた。

「ごめんね、アルフィー。でもひどいにおいよ」クレアがつづけた。「荷物をあけてタオルを見つけてくるから、きれいにしましょう」

ぼくはクレアの腕から飛びおりて逃げたい衝動をこらえた。水は大嫌いだし、ずっと前に泥だらけで帰宅したときマーガレットの家で経験したからお風呂がどういうものかも知っている。ひどい経験だった。でも宿無しに比べればましだと判断し、改めて度胸を据えた。

クレアが寝室の大きな鏡の前にぼくをおろし、タオルを探しに行った。鏡を見たとたん、ショックのあまり声が出た。そそっかしい猫だったら、別の動物を見ていると勘違いしただろう。予想よりひどい。ところどころ毛が禿げて骨が浮くほど痩せ細っているし、精一杯きれいにしたつもりだったのに、クレアの言うとおり薄汚い。ふいに悲しくなった。マーガレットが死んでから、なかも外も変わってしまったらしい。

クレアに抱きあげられ、バスルームへ運ばれた。そしてお湯を出したバスタブにそっとおろされた。ぼくは悲鳴をあげてちょっともがいた。

「ごめんね、アルフィー。でもしっかり洗わないと」クレアは片手にボトルを持って、少し迷っている。「ナチュラルシャンプーだから、問題はないわよね。ああ、わからないわ、猫なんか飼ったことないんだもの」クレアが困った顔をした。「それに、この子はわたしの猫じゃないし。飼い主が心配してやきもきしていないといいんだけど」クレアの目から涙がひと粒こぼれた。「こんなはずじゃなかったのに」

ぼくは慰めてあげたかった。クレアには間違いなく、慰めが必要だ。でもバスタブのなかにいるせいでそれもできず、自分が大きなせっけんの泡になった気がした。

ものすごく長く感じられたお風呂が終わると、クレアがタオルでくるんで乾かしてくれた。

ようやく毛が乾いたと実感したあと、クレアについて居間へ行くと、クレアが運びこまれたばかりのソファにどさりと腰かけたので隣に飛び乗った。期待したとおり座り心地がよく、おりろと言われることも追い払われることもなかった。礼儀正しい他人同士のように、ぼくはソファの一方の端に、クレアは反対の端に座っていた。

クレアがグラスを手に取って中身をひと口飲み、ため息をついた。それから初めて見るように室内を見渡す様子を、ぼくはじっと眺めていた。中身を出す必要のあるいくつもの箱、居間の真ん中に置かれたテレビ、隅に寄せてある小さなダイニングテーブルと数脚の椅子。ソファ以外は整理されておらず、まだ本当の意味では家になっていない。

ぼくの心を読んだように、クレアがもうひと口ワインを飲み、それからいきなり泣きだした。

「わたし、いったいなにをしたの？」泣きじゃくっている。

ぼくは突然クレアが取り乱したことに動揺したが、自分のなすべきことはわかっていた。そのためにここにいる気がして、目的意識のようなものが生まれた。ひょっとしたら、ぼくにとってクレアが救いになるのと同じぐらい、ぼくもクレアの救いになれるかもしれない。

ぼくはクレアに近づき、膝にそっと頭を載せた。クレアが無意識にぼくを撫ではじめる。まだ泣いてはいたけれど、クレアが求めている慰めを与えているのはなんとなくわかったし、ぼくのほうも安らぎを得ていた。
その瞬間、ぼくたちは同類だと確信した。
ようやく我が家に帰ってきたのだ。

Chapter 7

一緒に暮らしはじめて一週間もすると、快適な生活パターンができてきたが、それは健全とは言いきれないものだった。

クレアはいっぱい泣き、ぼくはいっぱい寄り添ったけれど、不満はなかった。寄り添っているのは大好きだし、長いあいだそうできなかった埋め合わせができた。泣いてばかりいるクレアのために、とにかくなにかしたかった。ぼくの助けを必要としているのは明らかだったから、できることはなんでもするつもりだった。

名札に書かれた番号に電話をかけ直したクレアは、電話会社に問いあわせてその番号が使われていないことを知った。そしてぼくが捨てられたのだと思い、そのせいでもっとぼくを好きになったようだった。クレアは涙をこぼし、そんなことをする人がいるなんて信じられないと言った。自分も同じ目に遭ったからぼくの気持ちがよくわかるとも言っていたが、詳しいことはまだわからない。でも、クレアと家族になれたのはわかった。

クレアはキャットフードや猫用ミルクを買うようになり、ぼくはあまり好んで使おうとは思わないけれど、猫用トイレも用意した。それから、ぼくを獣医に連れていくつもりだと話していた。幸い、まだ実行には移されていない。獣医は迷惑なところばかりつきまわす傾向がある。いまのところ連れていかれていないから、その件は忘れているように祈っている。

ほとんど泣いてばかりいるのに、クレアはかなりてきぱきしていた。わずか二日で家具の配置を終え、荷物を全部片づけてしまった。

整理された室内は、あっという間に家らしくなった。壁に絵がかけられ、文字どおりあらゆるところにクッションが置かれると、すべての部屋が一気にぬくもりに満たされた。ぼくの選択は間違っていなかった。

それでも、やはり幸せな家ではなかった。ぼくは荷物を整理するクレアを見守りながら、なんとか事情を理解しようとした。クレアは居間にいくつも写真を並べ、そこに写っているのがだれだか教えてくれた――両親、子どものころの自分、弟、友人、親戚。しばらくは生き生きして楽しそうにしていたから、前向きになったご褒美に脚にすり寄ってあげた。そうされるのが好きだと言われたので、しょっちゅうやっている。また路上生活に戻るはめにならないように、クレアに気に入られる必要がある。ぼくもクレアを好きになる必要があるけれど、それはどんどん簡単になっていた。

ある晩、クレアは箱から出した写真の説明をしてくれなかった。写真に写るクレアは白いドレス姿で、ハンサムな男性と手をつないでいた。人間が〝結婚の記念写真〟と呼んでいるものだとわかる程度の知識はぼくにもあった。たったひとりの伴侶と誓いを交わしたカップルの写真。猫にはまったく理解できない。

クレアはどさりとソファに腰かけ、写真を胸に抱きしめて泣きだした。ぼくは隣に行って物悲しい声で鳴き、一緒に泣いてあげたけれど、クレアは気づいていないようだった。そのうち本気で悲しくなってきた。記憶が一気によみがえり、ぼくも鳴くのをやめられなかった。スーツ姿の男がクレアを捨てたのか、マーガレットのように死んでしまったのかわからないけれど、クレアに頼れる相手がいないのはわかった。ぼくがそうだったように。ソファで隣りあったまま、クレアは声を限りに泣きつづけ、ぼくも悲しい声で鳴きつづけた。

それから数日後、クレアは朝早く仕事に行くと言って出かけていった。きちんとした服を着て髪をとかしたクレアは、少しましに見えた。いくぶん顔色もよくなっていたものの、自然にそうなっているのかはわからなかった。

ぼくの見栄えもほんの数日のあいだにましになっていた。毛並が少し整いはじめ、よく食べているわりにあまり動かないので体重も増えている。クレアと並んで大きな鏡の前に立つと、なかなかすてきなコンビに見えた。少なくとも、そうなりそうな気がした。

キャットフードは置いていってくれたけれど、クレアが仕事でいないと寂しくて、またひとりぼっちになったのが心細かった。もちろんタイガーがいたし、よく会っている。一緒にハエを追いかけたり、短い散歩に出かけたり、タイガーの家の裏庭で日向《ひなた》ぼっこをしたりするうちに友情が深まっていた。でもそれは猫との友情だ。いまは頼れる人間がなにより必要だと実感していた。

クレアが仕事でいないと、いやな記憶がよみがえって、そろそろ計画を進めなければという気持ちになった。二度とあんな思いをしたくなければ、一軒の家ではだめだ。それは避けがたい悲しい事実だった。

クレアの家の前に〝売却済み〟の看板が出たころ、四十六番地の前にも同じ看板が立っているのを見かけてどちらも観察していた。先に到着したのはクレアのほうだったけれど、いまは四十六番地も引っ越しがすんでいる。そこはクレアの家から短い散歩をするのにちょうどいい距離だった。大きめの家が立つ通り沿いにあり、その通りに住んでいる猫たちに言わせると家はどれも〝高級〟で、彼らはそれがかなり得意らしくちょっと自慢していた。暮らしやすそうにも見えた——少なくともときどきであれば。

エドガー・ロードは変わった通りで、タイプの違った家があるせいで住民のタイプも変化に富んでいる。家と言ったらマーガレットと暮らした家しか知らないけれど、あそこは狭い路地に立つ小さな家で、エドガー・ロードの奥に並ぶ豪邸とは似ても似つかなかった。

クレアの家は中ぐらいのサイズだが、四十六番地はこのあたりでいちばんいい家だ。高さも幅もクレアの家にまさり、大きいりっぱな窓がいくつもある。そのうちのひとつの窓枠に座って外を眺めたら、さぞいい気分だろう。大きな家だから家族が住むはずで、家族みんなにかわいがられるのも悪くない。

誤解しないでほしいが、クレアのことは大好きで、しかも日に日に好きになっている。彼女を見捨てるつもりはない。だけど、もっと家が必要なのだ——二度とひとりぼっちにならないために。

四十六番地を見に行ったのは、夜明けだった。シートがふたつしかないぴかぴかの車が外に停《と》まっていて、家族向けの車に見えなかったので心配になった。でもいったん決めたからには調べてみよう。裏にまわると、嬉《うれ》しいことに猫ドアがついていた。

猫ドアを抜けた先は、洗濯機と乾燥機と大きな冷蔵庫があるしゃれた部屋だった。巨人のようにそびえる冷蔵庫が、耳を聾《ろう》するうなりをあげていた。

半開きのドアを押してだだっぴろいキッチンに踏みこむと、これまた大きなダイニングテーブルが強烈な存在感を放っていた。ぼくは金を掘り当てた気分だった。こんなに大きなテーブルを囲むには子どもが大勢必要だし、子どもが猫を好きなのはだれでも知っている。きっとちやほやしてもらえるに違いない。期待で胸が高鳴った。ちやほやされたくてたまらない。

ここで得られるはずの食べ物やおもちゃや抱擁のことをうっとり考えていたとき、男女が部屋に入ってきた。

「猫を飼ってるなんて知らなかったわ」女性の声は少しキンキンしていた。かなり高い声で心なしかネズミを思わせる。どこから見ても母親らしくない点にもがっかりさせられた。ぴったりしたドレスを着て、ぼくの背よりも踵《かかと》が高そうな靴を履いている。息をして歩いているのが不思議なぐらいだ。それに、しばらく身なりに気を配っていないように見えた。ぼくは特に口うるさいタイプではないけれど、見た目にはいつも気を配っているほうだと自負している。だから足の裏や毛を舐《な》めてみせ、それとなく伝えようとした。

女性の声はマーガレットと見ていた昼メロの女優に似ていた。たしか『イーストエンダーズ』というドラマだった。

　ぼくは男性に向かってまばたきをして挨拶したが、相手からまばたきは返ってこなかった。

「飼ってない」男性が冷たく応えた。黒髪で背が高く、とてもハンサムだが、あまり友好的には見えないうえに、ぼくを見ていらだっている。

「二日前に引っ越してきたばかりで、うっかりしていた。近所の薄汚い猫に住みつかれないうちに、ろくでもないあの猫ドアをふさいだほうがよさそうだ」おまえのことだと言わんばかりにこっちをにらんでいる。ぼくはたじろいで身をすくめた。

自分の耳を疑った。この男性は最低で、子どもがいない失望は大きかった。そもそもキッチンにおもちゃが見あたらないし、このふたりに猫や子どもの世話ができるとは思えない。とんでもない思い違いをしていたらしい。猫の勘なんて、この程度のものだ。

「まあ、ジョナサン。そんなひどいこと言わないで。かわいい猫じゃない。きっとおなかが空《す》いてるのよ」

　たちまちぼくは意地悪なことを考えた自分を反省した。見た目はひどかろうが、この女性はいい人だ。希望が湧いてきた。

「猫に詳しいわけじゃないし、詳しくなりたいとも思わないが」男性が高飛車に言う。

「一度えさをやったら、何度も通ってくることぐらい知っている。だからやる気はない。いずれにしても、ぼくは忙しいんだ。さあ、玄関まで送ろう」

玄関へ連れていかれた女性は、ぼくと同じぐらい戸惑っているようだった。ぼくはジョナサンが戻ってきたときかわいい仔猫《こねこ》に見えるように丸まって横になった。でも期待とは裏腹に、ジョナサンは気持ちを和らげるどころかぼくをつまみあげ、玄関から——比喩ではなく実際に——放りだした。足から着地したおかげで、怪我《けが》はせずにすんだ。

「新しい家、新しいスタート。でも、新しい猫なんて必要ない」ジョナサンがそう言い捨て、バタンとドアを閉めた。

ぼくはぶるっと体を震わせた。ものすごく腹が立っていた。よくもこんな仕打ちができたものだ。同時に、追いだされた女性に同情もしていた。ぼくと同じ目に遭っていないといいのだけれど。

四十六番地を別宅にする計画はそれで打ち切るべきだったが、ぼくは簡単にあきらめる猫じゃない。ジョナサンが見た目ほどひどい人間とは思えなかった。猫の勘で、意地悪というよりかわいそうな人という印象を受けていた。なによりもあの女性が帰ったあとはひとりぼっちになったはずで、それがどんなにいやなものか、ぼくはよく知っている。

まずは仕事に行くクレアを見送るために、急いでうちに帰った。クレアは泣いていたらしく、それを隠すために顔にいろいろ塗っていた。ぼくよりかなり長い時間をかけて見た目を整えると、ぼくの食事を用意して頭を撫《な》で、バッグをつかんで玄関へ向かった。ぼくは玄関まで見送り、脚に体をこすりつけて喉を鳴らし、ぼくがいるから大丈夫だと伝えようとした。そして、クレアを元気にするためにもっとできることがあればいいのにと、つくづく思った。

「アルフィー、あなたがいなかったら生きていけないわ」クレアが嬉しい言葉を返して出かけていった。小躍りしたい気分だった。ジョナサンにすげなくはねつけられたあとだったから、褒められたのが嬉しかった。なんとなく助けてあげなければと思えてならないこの気の毒な女性を、どんどん好きになっている。

人間は、猫は自分勝手で我儘《わがまま》だと非難するけれど、事実とは程遠いことが多い。ぼくは助けを求めている相手の力になりたいタイプの猫だ。人間を助けるという、とっておきの新たな使命を帯びた、思いやりのある愛情深い猫なのだ。

ジョナサンと四十六番地のことは放っておくべきなのに、なぜかできなかった。マーガレットはよく、怒っている人は不幸なだけだと話していたし、彼女ほど賢い人間を知らない。初めてマーガレットの家に行ったとき、アグネスはものすごく怒ったけれど、それはぼくに居場所を横取りされるのを心配しているからだとマーガレットが教えてくれた。ぼくに対する態度を和らげたころ、アグネス自身もそう言っていた。怒りと不幸は仲良しなのだ。

だからまた四十六番地へ行った。家の前に車は見あたらないから安全だ。ぼくは猫ドアをくぐって家のなかを調べた。

やっぱりそうだ。この家は家族が住んでいそうなほど広いのに、よくよくチェックすると、いかにも男の住まいだとわかる。温かみを加えるひと手間も、花柄もピンク色も見あたらない。平らな場所はどこもガラスと金属できらめいていた。ソファは旅の途中にしゃれた家具店のウィンドウで見かけたようなデザインで、金属とクリーム色はどう見ても子ども向きじゃない。さらに言えば、猫向きでもない。

ぼくは気がすむまで何度かソファの上を行ったり来たりした。足の裏はきれいだから、いたずらするつもりではなかった。ちょっと試してみたかっただけだ。そのあと二階へ行くと、寝室が四つあった。ふたつにはベッドが置かれ、ひとつはオフィスで、残るひとつは箱でいっぱいだった。

この家には人間味がない。幸せそうな写真はなく、家具がなければだれかが住んでいるようには見えない。不気味な大型冷蔵庫のように、寒々としている。

ジョナサンという男性はかなり厄介な相手に違いない。長いあいだ自活していたから、ぼくは自分になにができるかわかっていた。あの男性がぼくに好意を持っていないのは明らかで、もっと言えば猫全般が嫌いなようだけれど、そういう人間に会うのは初めてじゃない。改めてアグネスのことを思いだすと、ほとんど真っ黒だった懐かしい顔が脳裏に浮かんで笑みがこぼれた。アグネスが恋しくてたまらず、自分の一部を失った気がした。

アグネスはあらゆる面でぼくとは正反対で、とてもやさしいおばあさん猫だった。ほとんどずっと窓辺の専用クッションにうずくまり、外の世界を眺めていた。じゃれてばかりの毛玉みたいなぼくをひと目見たとたん、アグネスは腹を立てた。

「わたしのうちに住めると思ったら、大間違いだよ」会うなり、そう言った。二度ほど襲われかけたけれどぼくのほうがすばやかったし、マーガレットがアグネスを叱り、ぼくにはごちそうをくれたりおもちゃを買ってくれたりしてそれまで以上にちやほやしてくれた。しばらくすると、アグネスはしぶしぶながらも邪魔されない限りぼくを受け入れるようになり、ぼくは少しずつアグネスを魅了して味方に引き入れた。獣医にアグネスは猫の天国へ行くときが来たと言われたころには、どちらも相手がすっかり大切な家族になっていた。赤ん坊のころ母猫がしてくれたように毛を舐めてもらったときのことを思いだすと、胸が痛む。

手ごわいアグネスを攻略できたんだから、ジョナサンぐらい楽勝なはずだ。

こんなに大きな家をどうするつもりなんだろうと考えながら家じゅうを歩きまわったあと、ジョナサンにプレゼントを贈ることにした。狩りは好きな気晴らしではないけれど、ジョナサンと友だちになりたいし、それにはこの方法しか思いつかなかった。

路上生活で知りあった仲間から、さまざまな話を聞かされた。飼い主を怒らせることもあるのに、しきりにプレゼントをしつづける猫もいた。一方で、ぼくみたいにふさわしいタイミングを心得ている賢い猫もいる。なにしろ、プレゼントは好意を示す行動なのだ。それにジョナサンは狩りが好きそうだし、ボス猫タイプだから、プレゼントをあげたら喜ぶに違いない。これでぼくたちに共通点があると伝わるだろう。

ぼくはタイガーを呼び、一緒に狩りに行かないか誘ってみた。

「寝てたのよ。なんでふつうの猫みたいに夜中に狩りをしないの?」タイガーはため息を漏らしたが、しぶしぶつきあってくれた。

タイガーが言うように、猫はふつう夜に狩りをするけれど、ぼくは路上生活のあいだに日中でも獲物が見つかると学習していたし、そっちのほうが好きだった。さっそくうろついてみると、すぐにおいしそうなネズミが見つかった。姿勢を低くして身構え、一気に飛びかかる。ネズミはあちこち方向を変えて逃げたので、なかなかつかまらなかった。ぼくは巧みに逃げる獲物を追ってめまぐるしく向きを変えた。

「へたくそね」うしろで見物しているタイガーが笑った。

「手伝ってよ」文句を言ったが、また笑われただけだった。あきらめかけたとき、ネズミの体力が尽きた。ぼくは改めて飛びかかり、ようやく前脚で獲物を捕らえた。

「一緒にジョナサンの家に行く？」

「ええ、あなたの別宅を見たいわ」タイガーが答えた。

ジョナサンに好意を持ってほしければ頭を取らないほうがいいと思ったので、大事に獲物をくわえて猫ドアをくぐった。ジョナサンが見逃さないように、玄関を入ってすぐのところにネズミを置いた。

字を書けたらよかったのにという思いが脳裏をよぎった。字が書けたら〝新居へようこそ〟と書いたメモを残せただろうに、ぼくにはすてきなメッセージが伝わるように祈ることしかできなかった。

Chapter 8

ぼくはしばらく四十六番地に留《とど》まっていた。タイガーと藪《やぶ》に身をひそめたり、落ち葉とじゃれたりしながらジョナサンの帰りを待っていた。

でもそのうち空が暗くなって、おなかも空《す》いてきた。ネズミをあきらめたせいで朝からなにも食べていなかったので、心残りではあったけれどクレアの家へ戻った。

猫ドアをくぐると、キッチンにクレアがいた。

「おかえり、アルフィー」クレアはぼくに気づき、かがんで撫《な》でてくれた。「どこへ行ってたの？」

ぼくは喉を鳴らした。クレアが戸棚から猫缶を出して、つづいて猫用ミルクの封を切った。

いただきます——ぼくはがつがつ食べはじめた。食べ終わると、髭《ひげ》をきれいにしながら、片づけをするクレアを見ていた。

日を追うごとにクレアのことがわかってきた。クレアはふさぎこんで見えるのに、とてもきれい好きで几帳面《きちょうめん》だ。大嫌いなお風呂に入れられたことも、これで説明がつく。使ったグラスを出しっぱなしにすることすらなく、すべて洗って片づける。服に対しても同じだ。

家のなかはぴかぴかで、しょっちゅうあちこち拭いている。やりすぎなぐらいに。ぼく専用の食器を買って床に置いていて、食べ終わったとたんにきれいに洗う。ぼくは身だしなみの清潔さにかなりこだわるほうだが、クレアと暮らすことでこれまで以上に気をつけるようになった。汚れひとつない家にふさわしくないと思われるのはいやだ。それに、お風呂も二度とごめんだ。

クレアは大きなオフィスで〝マーケティング〟という仕事をしているらしく、毎日仕事から帰ると、シャワーを浴びてパジャマに着替え、飲み物を持ってソファに座る。そのあいだに、埃《ほこり》っぽいロンドンについてしょっちゅう文句を言っている。そしてたいてい泣きだす。ぼくがここで暮らす短いあいだにそれが日課になっていた。

食事はするが量はたかが知れていて、初めてここに来たときのぼくみたいにかなり痩せている。もっと食べるように仕向けなければいけないのはわかっているけれど、どうすればいいのかわからなかった。

ただ飲み物に関しては、高そうなグラスでずいぶん飲んでいる。冷蔵庫のワインを切らしたことがなく、ほとんど毎晩一本あけてしまう。それを見ると、ぼくを食べてやると脅してきたホームレスのことを思いださずにいられなかった。クレアが彼らと違うのはわかっていても、酔っ払いがどういうものかボタンから聞いていたし、クレアはそれに近い状態になることが多かったのだ。実際、クレアが泣きだすのはたいてい何杯か飲んだあとだった。そしてクレアが泣くたびに慰めているのに、なにをしても泣きやませることができなかった。ぼくはクレアがにっこりするか、少なくとも泣きやんでほしかったから、いつも悲しくなった。

クレアに笑ってほしくてカーテンのうしろに隠れたこともある。でも、ぼくの姿は目に入らないようだった。一度なんておもしろがらせようと窓枠から落ちてみたけれど、痛みで悲鳴をあげたのに、それでも関心を引けなかった。一緒に泣いたこともあるし、喉を鳴らしたり、温かい頭をこすりつけたり、大事なしっぽにじゃれさせようともしたけれど、どれも効果はなかった。悲しみが深まるとクレアはすべてを締めだし、そのなかにはぼくも含まれた。

夜、クレアが寝室へ向かうと、ぼくも一緒に行ってベッド脇の肘掛け椅子で眠る。ぼくのために毛布を置いてくれたので寝心地は最高なうえ、クレアから目を離さずにすむ。うとうとすることもあるけれど、たいていは朝まで眠っているクレアを見つめ、ひとりじゃないのをわかってもらおうとした。それから目覚まし時計が鳴ると、そっとクレアに飛び乗って鼻を舐《な》める。毎朝目覚めたとき、ぼくのように愛されていると実感してほしかった。それでもたまに悲しくなった。クレアが心配で精神的に疲れていたけれど、力になりたいと思いつづけていれば、いずれその方法がわかると望みをかけていた。答えはきっとあるはずだ。

その夜、クレアはグラスを、ぼくは買ってもらったキャットニップのおもちゃを持って居間に踏みこんだとき、チャイムが鳴った。

クレアは少し驚いた様子で玄関をあけに行った。ぼくもクレアを守るように脚に寄り添いながらついていった。玄関先に男の人が立っていた。最初は写真の男かと思ったが、よく見ると違った。ただ、ほかの写真で見たことがある。弟のティムだ。でもクレアは弟に会っても嬉《うれ》しそうじゃなかった。

「早くもお決まりのパターンになったな」ティムが言った。

「なんのこと?」クレアが鋭く言い返す。

「独身女性と猫。ごめん、クレア、ただの冗談だよ」ティムがにっこりしたが、クレアもぼくも表情を変えなかった。両脇に寄ってティムをなかに入れ、あとをついて居間へ向かった。

「なんの用？」腰をおろすように勧めながらクレアが尋ねた。ぼくはクレアのそばを離れずにいた。

「姉さんを訪ねてきちゃいけないのか？」

ティムがぼくを撫でようとしたので、ぼくは身をよじって拒んだ。まだ味方か敵かわからない。

「この子は？」ティムが訊《き》いた。

「アルフィーよ。この家についてたの。そんなことより、来るならなぜ連絡しなかったの？　通りかかっただけとは言わせないわよ」

「うちからここまでたった一時間半だぞ、クレア。急に思い立ってきたんだ」

クレアが本心を窺《うかが》うような顔で肘掛け椅子に腰かけた。ぼくはその膝に飛び乗り、ティムに堂々としたところを見せようとしたが、うまくできたか自信がない。ぼくみたいにかわいい猫にはなかなかむずかしいのだ。人間も猫も、ぼくをまともに相手にしてくれない。

「せめて電話ぐらいできなかったの？」クレアが問い詰めた。

「わかった、正直に話すよ。その前に、飲み物も出してもらえないの？」ティムの言葉にクレアがきっぱり首を振った。

「母さんに頼まれたんだ。姉さんを心配してる。わかるだろ、スティーブと別れてからまだ半年しかたってないのに、姉さんはすべて売り払って、自宅や実家と四時間も離れた場所に引っ越した。友だちや仕事も置いて、住んだこともなければ知りあいもいない、気さくとは言えないロンドンに来た。心配しないはずがないだろう。みんなものすごく心配してる。母さんなんか、やきもきしっぱなしだ」

「それならもう心配しなくていいわ。見ればわかるでしょう、わたしは元気よ」表情も声も憤慨している。

「クレア、実際に見てわかったけど、とても元気には見えないよ」

クレアがため息をついた。「ティム、わからない？　距離を置くしかなかったのよ。スティーブはほかの女のもとに走ったばかりか、その女と前の家のすぐ近くに住んでるのよ、実家にも近いところに。毎日ふたりの姿を見かけるなんて耐えられないし、あそこにいたらそうなっていたわ。褒めてくれてもいいぐらいじゃない。スティーブの希望どおり、さっさと離婚してあげたんだから。大騒ぎもしなかった。前の家を売ってりっぱな仕事を見つけ、この家を買った。それを心が木端微塵《みじん》になっているあいだにやってのけたのよ」クレアが口を閉ざして頬の涙をぬぐった。ぼくは精一杯、体をこすりつけた。

「たしかにりっぱだったよ」ティムが口調を和らげた。「でも本当のところはどうなのか心配なんだ。行動はりっぱだったけど姉さんは落ちこんでるし、母さんも、離れすぎてると気をもんでる。頼むから近いうちに週末に実家へ行って、とりあえず母さんを安心させてやってくれないか？」

名案かもしれないと、ぼくは思った。クレアが家族に会いに行けば、そのあいだはクレアの心配をせずにもっとあちこち見てまわれる。自分勝手だろうか？　そうじゃないといいけど。

「わかったわ。でも条件がある。わたしは元気そうだったとお母さんに言っておいて。そうしたら、週末実家に行くわ」

「約束するよ。でも、長時間運転して帰る前に、せめてお茶ぐらい飲ませてくれないか？」

ティムがクレアの味方だとわかったので、ぼくは友だちになることにした。一緒におもちゃで遊び、ばかみたいに見えるのにティムが四つんばいになってふざけてくれたので楽しかった。なかでもいちばん気に入ったのは、仰向けに転がったぼくのおなかをくすぐってくれたことだ。

遊んでいるあいだに〝姉さんを頼む〟と言われたので、任せておいてと伝えようとした。

責任重大だと思ったけれど、覚悟はできていた。ティムを見送ったあと、こっそり出かけてジョナサンが帰宅したか確認しようか迷っているうちに、クレアに抱きあげられてベッドへ連れていかれた。

Chapter 9

ふたたび四十六番地を訪ねたのは、あたりが明るくなりかけたころだった。クレアは早朝出勤だと言ってキャットフードを出してくれたけれど、ぼくにかまうことなく、あわてて出ていった。

ぼくは傷つかないように気をつけた。人間はよくそんな態度を取る。猫よりやることがたくさんあるのだ。それでも、面倒を見てくれる人間がもっと必要だという思いが強まった。

猫ドアからジョナサンの家に入った。家のなかは薄気味悪いほど静まり返っていた。しかも、カーテンやブラインドをすべて閉めてあるので真っ暗だ。主に夜活動するぼくたち猫は暗闇でも目が利くし、視覚以外の感覚を使って移動できる。たとえば家具みたいな室内の危険も、木やほかの動物といった屋外の危険も、器用に避けることができる。

つかのまジョナサンになった気持ちで考えてみた。こんな大きな家に住んでいるのにひとりぼっちの気持ちを。筋が通らない。以前の家では猫用ベッドで丸まっていればじゅうぶんぬくぬくした気分になれた。あのベッドがもっと大きかったらくつろげなかっただろう。もっと言えば、態度を和らげたアグネスと一緒にベッドにいるときがいちばん好きだった。

アグネスから得たぬくもりと安らぎは格別だった。いまでも毎日恋しくなる。ジョナサンも同じ気持ちで、だから昨日は女の人がいたのかもしれない。あのふたりもアグネスとぼくみたいに添い寝するんだろうか。きっとそうなんだろう。でもジョナサンがもっとやさしくしないと、あの人は戻ってこない気がする。

ぼくは階段のふもとで腰をおろした。ジョナサンの家には、いただけない点が多々あって、カーペットがないこともそのひとつだ。どこもフローリングで、お尻で床をすべるのはおもしろいから猫にとっては楽しめるものではあるけれど、冷たいし、なにより大好きな爪とぎができない。それにじゃれつけるカーテンのかわりに、おもしろくもなんともない硬いブラインドがついている。

やっぱりここは猫に向いた家ではない。それでもなぜか、引きつけられてしまう。

延々待った気がしたころ、階段の上に髪がぼさぼさのジョナサンが現れた。まだパジャマを着ている。疲れてだらしない感じで、しっかり身づくろいする前のぼくにちょっと似ていた。ジョナサンは足を止めてまっすぐこちらを見たが、ぼくに会えて嬉《うれ》しそうには見えなかった。

「玄関マットに死んだネズミを置いたのは、おまえじゃないだろうな」不機嫌にジョナサンが言った。

ぼくは〝お礼なんかいいよ〟と言うかわりに盛大に喉を鳴らした。

「ばか猫め。ここには来るなと言ったはずだぞ」怖い顔でぼくを押しのけ、キッチンに入っていく。そして戸棚からマグカップを出して、器械のスイッチを入れた。

ぼくはカップにコーヒーが注《つ》がれるのを眺めていた。ジョナサンが宇宙船みたいな冷蔵庫からミルクを出し、それからカップにミルクを足すのを見て、期待で唇を舐《な》めた。無視されたので、目いっぱい大きな声でミャーオと鳴いた。

「ミルクをもらえると思ってるなら、大間違いだ」

たしかに態度がつれない。ぼくはもう一度鳴いて不満を伝えた。

「ペットなんていらない」ジョナサンがコーヒーに口をつけてつづけた。「ぼくがほしいのは安らぎだ。ここで人生を軌道に乗せるために」ぼくは耳をぴくぴくさせて興味を示した。「玄関マットに死んだネズミを置いてもらう必要はないし、だれにも平穏を乱されたくない」

ぼくはまた喉を鳴らした。今度はジョナサンをいくらかでも味方に引き入れるために。

「このくそ寒い国に戻ってきただけでじゅうぶんだ」まるで人間相手に話しているように ぼくを見ている。できるものならそんなに寒くないよと言ってやりたかった。もう夏なんだから。ジョナサンがつづけた。「シンガポールが懐かしいよ。あの暑さとライフスタイルが。ぼくはひとつ過ちを犯したってことだな。帰国してしまった。仕事もないし、恋人もいない」

ジョナサンはもうひと口コーヒーを飲んだ。ぼくは打ち明け話を始めたジョナサンに注目した。

「無職になったとたん、彼女は去っていったんだ。三年間、ほしいものはなんでも買ってやったのに、一日たりともぼくを慰めようとはせずに逃げだした。この家を買う金があったのはたしかにラッキーだった。でもこう言っちゃなんだが、ここはチェルシーには程遠い」

〝チェルシー〟がなにか知らないが、ぼくは同感の表情をしてみせた。

嬉しくて、しっぽがピンと立った。やっぱり勘違いじゃなかった。ジョナサンはただの気むずかし屋ではなく、孤独で気が滅入《めい》っているのだ。

まあ、気むずかしいのは間違いないけれど、でもチャンスはある。わずかなチャンスだろうと、べつにかまわない。ジョナサンには友だちが必要で、最高の友だちになれる猫がここにいる。

「そもそも、なんで猫になんか話しかけてるんだ？　こっちの話を理解できるわけでもないのに」なにもわかってないな――ぼくはコーヒーを飲み干すジョナサンを見つめた。理解できる証拠に脚に体をこすりつけ、求めてやまないはずの愛情を示した。ジョナサンは不意を突かれたようだったが、飛びすさりはしなかった。

ぼくはその機を捉えて膝に飛び乗った。ジョナサンが驚いている。でも態度を和らげたと思ったとたん、怒りだした。

「いいか、飼い主に電話して、引き取りに来るように言ってやるからな」不機嫌な顔でそっと名札をつまみ、クレアがしたようにそこに書かれた番号に電話をかけた。不通とわかり、舌打ちしていらだっている。

「いったいどこに住んでるんだ？」ぼくは首をかしげてみせた。「とにかく帰れ。こっちはおまえにつきあって一日じゅうぼけっとしてるわけにいかないんだ。仕事を探さなくちゃいけないし、猫ドアの撤去もしなきゃいけない」ジョナサンがぼくをにらみつけ、去っていった。

それでもぼくは満足だった。話しかけてくるようになったのはいい兆候だし、放りだされることもなかった。自分の家にぼくがいるのを知りながら立ち去った。ひょっとしたらぼくを好きになりはじめたのかもしれない。口は悪いけれど、怖い人じゃないのかもしれない。

試しにジョナサンを追って二階へ行ってみた。少し距離をとって、ジョナサンを見つめる。相手のことをもっと知りたければ、観察するのがいちばんだ。

ジョナサンは背が高いけれど、太ってはいない。ぼくも見た目のよさを自負しているが、どうやらジョナサンも同じらしい。その点は共通している。ジョナサンは寝室のつづき部屋で長々とシャワーを浴び、そこから出てくると、つくりつけの幅の広いクロゼットをあけてスーツを出した。それを着ると、ぱりっとして見えた。マーガレットが大好きだったモノクロ映画に出てくる俳優みたいだ。マーガレットは〝男性はこんなふうに洗練されたハンサムでないと〟とよく言っていたから、ジョナサンを見たら気に入るに違いない。

観察しているのを気づかれないようにそっと一階へおり、階段のふもとでふたたび待ち構えた。

「まだいたのか、アルフィー」ジョナサンの口調はさっきほど喧嘩腰《けんかごし》ではなかった。

ぼくはミャーオと答えた。ジョナサンは首を振ったけれど、ぼくの胸にはぬくもりが広がっていた。ジョナサンがぼくの名前を呼んだ！

ジョナサンは階段の下にある戸棚に向かい、ずらりと並ぶぴかぴかに磨かれた黒い靴のなかから一足を選んだ。階段に腰かけて靴を履いている。それからコート掛けから上着を取り、玄関ホールのテーブルに載った鍵をつかんだ。

「いいか、アルフィー、案内しなくてもお引き取りいただけるようだが、帰ってきたとき顔を合わせることがないようにしてくれ。なにかの死骸もごめんだ」

玄関が閉まると、ぼくは幸せな気持ちで思いきり伸びをした。これでジョナサンの力になれるとわかった。ジョナサンは気が滅入っていて孤独で腹を立てていて、本人はまだ気づいていないかもしれないけれど、クレアのようにぼくを必要としているのは間違いない。実際、ぼくに対する態度を和らげているし、しかも急速に軟化している。気持ちを変えさせる方法をあれこれ考えているうちに、本人がどう言おうとまたプレゼントをするべきだと悟った。でももうネズミはだめだ、もっとかわいいもの。鳥だ！　そう、鳥を持ってこよう。

鳥の死骸ほど〝友だちになろう〟というメッセージが伝わるものはないんだから。

その日の午後、以前ネズミを置いた玄関マットの上にそっと鳥を置いた。これで今度こそ、ぼくが友だちになりたがっているとジョナサンにも伝わるはずだ。

うきうきしていたので、通りの端まで行って日差しに当たることにした。気温はあまり高くないけれど、天気がいいから場所を選べば日向《ひなた》ぼっこができる。アパート《フラット》二軒に分割された現代風の殺風景な家の前に、よく日が当たる場所があった。玄関がふたつ並んでいる――22Aと22B。ふたつの玄関はまったく同じに見えた。

どちらの玄関の前にも〝契約済み〟の看板が立ち、この通りで何度も見かけたロゴがついていた。ぼくはしばらく日向で転がっていた。二軒とも人の気配はなかったが、また来てみるつもりだった。もうすぐ人間が来るはずだ。

それに、暮らしはまだ安泰とは言いきれない。クレアはかわいがってくれるけれど、日中は家にいないし、今週末は出かけてしまう。ジョナサンとの関係だって、いくらぼくが意気ごんでいようと、所詮はまだどっちに転ぶかわからない。もっと選択肢が必要だ。ひとりでも生きていけるのはわかったけれど、ぼくみたいな猫に合った生き方じゃない。野良猫にはなりたくないし、喧嘩もしたくない。だれかの膝や温かい毛布がほしい。猫缶やミルクをもらったり愛情を注がれたりしたい。ぼくはそういうタイプの猫だ。変わることなんかできないし、変わりたいとも思わない。

この数カ月のあいだに過ごした寒くて孤独な夜のことは、いまも鮮明に覚えている。常に恐怖や飢えや疲れを抱えて生きていた。あんな暮らしをもう一度できるとは思えないし、忘れることもないだろう。

ぼくは家族がほしい。愛情と安心感がほしい。たっての願いはそれだけで、それ以上は望まない。


太陽が沈みはじめると、家に戻った。運命とは不思議なものだ。アグネスが死んだときは、寂しすぎて具合が悪くなった。アグネスが恋しくてたまらず、マーガレットに怖い獣医のところへ連れていかれた。ぼくは食事もトイレもせず、膀胱《ぼうこう》感染症になっていた。あれこれ診察したあと、獣医は悲しみが原因だと言った。マーガレットには意外だったようだ。猫に人間みたいな感情があるとは思っていなかったのだ。たしかに人とまったく同じではないかもしれないけれど、あのとき、ぼくはたしかに辛《つら》かった。アグネスを思って嘆き悲しみ、それが原因で病気になった。そしていま、クレアはスーツ姿で写真に写っていたスティーブを思って嘆き悲しんでいて、ジョナサンは〝シンガポール〟とかいうものを思って嘆き悲しんでいる。

ふたりのなかに、自分が感じたような深い悲しみがあるのがわかる。だからりっぱな猫らしく、ふたりの支えになろう。

Chapter 10

二十二番地のフラットを見せたくて、お昼ごろタイガーを呼びだした。無駄に急ぐのが嫌いなタイガーに合わせてのんびり歩き、前庭に放された醜い大型犬をからかうために寄り道までした。門に近づいて隙間から前脚を入れ、犬に飛びかからせたのだ。ぎりぎりのところで飛びすさるのがおもしろかった。

犬はかんかんになり、激しく吠《ほ》え立てて鋭い牙を見せた。すごく楽しかった。犬はジャンプしてきたが、猫のほうが高くジャンプできるのはだれでも知っている。飽きずにいつまでもつづけられそうだったけれど、そのうちタイガーがもうやめようと言いだした。「おちょくるのは、このぐらいにしておきましょう」ぼくはとっておきの表情で犬に向かってにたりとほくそえみ、その場をあとにした。もし閉じこめられていなかったら、あの犬は迷わずぼくたちを追いかけて死ぬほど怖い目に遭わせていただろう。それが世の習いだ。

二十二番地のフラットはまだ人気《ひとけ》がなかったが、狭い芝生の前庭に入ったタイガーがここなら問題ないとうなずいた。帰りは気分を変えるためにフェンスの上を歩いた。変な鳥を追いかけて遊んだりもした。

楽しい午後だった。

短い昼寝をしたあと、帰宅するクレアを待ち構えていた。こうするとクレアが喜ぶのだ。帰ってきたクレアは満面の笑みを浮かべた。

「アルフィー、今夜はお客さんが来るのよ」嬉《うれ》しそうに言って、シャワーを浴びに行った。一階に戻ってきたときは、パジャマではなくジーンズとゆったりしたシャツを着ていた。それから料理を始め、つくりながらワインを飲んでいても涙は見せなかった。キャットフードをよそってぼくを撫《な》で、冷蔵庫からなにか出してフライパンに入れた。鼻歌まで歌って見たことがないほど楽しそうにしているから、写真の男が来るのかもしれない。うまくいけばいいけれど、同時に不安も覚えた。

チャイムが鳴ると、クレアは走って玄関をあけに行った。玄関先に立っていたのは、クレアと同じぐらいの年齢の女性で、花とワインを持っていた。

「いらっしゃい、ターシャ。入って」クレアがほほえんだ。

「ありがとう、すてきな家ね」ターシャと呼ばれた女の人が朗らかに返して家に入ってきた。

コートを脱いだターシャにクレアがワインを勧め、ふたりで小さなダイニングテーブルに腰をおろした。

「ちゃんとしたお客さんは、あなたが初めてよ」クレアが言った。ぼくはちょっとむっとした。初めてのちゃんとしたお客さんはぼくのはずだ。

「あら、じゃあ乾杯しましょうよ。ロンドンへようこそ！　オフィスの外で会えて嬉しいわ」

「オフィスは、いつもあんなに忙《せわ》しないの？」

「あんなもんじゃないわ！」ターシャが笑い飛ばした。ぼくはたちまちターシャに好意を抱き、テーブルの下にもぐって脚に体をこすりつけた。ターシャはお返しにしっぽを撫でてくれた。うっとりするほど気持ちがいい撫で方だった。

クレアとターシャに友だちになってほしい。そうすればぼくもターシャと友だちになれる。

思ったとおり、ターシャが来たことはクレアにいい影響を及ぼしていて、しっかり食べている。もしかしたら最悪な時期を越えつつあるのかもしれず、そうならいいと祈らずにいられなかった。アグネスを思って嘆き悲しむ気持ちが収まりだしたころぼくも食欲が戻ったから、クレアも同じなんだろう。

「それで、どうしてロンドンに来ることになったの？」ターシャが尋ねた。

「話せば長いのよ」クレアがふたつのグラスにワインを注《つ》ぎ足し、話しだした。

ぼくはテーブルの下でターシャの温かい脚に寄り添ったまま、クレアの話に耳を傾けた。途中でクレアの声色が変わった――悲しみから怒りへ、また悲しみへ。でも、泣いていないのはわかった。

「スティーブとは、三年つきあったあと結婚したの。一緒に一年暮らして、引っ越してすぐプロポーズされた」

「いつ結婚したの？」ターシャが訊《き》いた。

「一年ちょっと前。実はわたし、恋愛にはあまり恵まれていなかったの。母にはよく奥手だと言われたわ。大学に行くまで、まともにつきあったこともなかったのよ。たぶん慎重だったのね。でもそんなときスティーブと出会った。わたしはデヴォン州のエクセターに住んでいて、マーケティング・コンサルタント会社に勤めているときで、あるパーティで会ったの。スティーブはハンサムですてきだった。ひと目ぼれだったわ」

「そうなの」ターシャが相槌《あいづち》を打ってワインのおかわりを注いだ。

「理想の相手だと思った。ユーモアがあって、やさしくて魅力的。プロポーズされたときは天にも昇る気持ちだったわ。もうすぐ三十五歳だったし、子どもがほしくてたまらなかった。スティーブも同じ気持ちで、新婚気分を少し楽しんでから、子どもをつくるつもりだったの」クレアが涙をぬぐった。ここまで気丈でいるのは初めてだけれど、悲痛な思いがあたりにたちこめていた。

「無理して話さなくてもいいのよ」ターシャがやさしく声をかけた。クレアがうなずき、ワインをひと口飲んでから口を開いた。

「ごめんなさい。あまり人に話したことがないの」

「謝る必要はないわ」ぼくはまたターシャに好感を持った。

「でも結婚して三カ月たったころ、スティーブは変わってしまったの。不機嫌で怒りっぽくなって、理由を訊いてもつっけんどんな返事が返ってくるだけだった。そのうち自分の家でしゃべるのも怖くなってしまったわ」

クレアの話を聞きながら、ぼくはさまざまな気持ちに襲われた――悲しみ、怒り、世話をしてくれる女性への愛《いと》おしさ。もしそのろくでなし野郎に会ったら、顔を引っかいてやる。たとえふだんは凶暴な猫じゃなかろうと。

「そして結婚して八カ月がたったある日、とんでもない間違いだったとスティーブに言われたの。彼はほかに好きな女性ができて、うちを出てその人と暮らしはじめた。わたしも知ってる人だったのよ、スティーブが通っていたジムのスタッフ。月並みな話でしょう?」

「そいつが人間のクズだっただけよ」

「そうね。でも、わたしもばかだったのよ。スティーブは理想の相手と信じきって、かなり前から浮気されていたはずなのに疑いもしなかった。だから引っ越したの。ふたりが同じ町に住んでいたから。エクセターは小さな町で、しょっちゅう顔を合わせるのはわかっていた。そんなの耐えられなかった」

ようやくクレアがここへ来た理由と、泣いてばかりいるわけがわかった。そして、これまで以上にクレアを好きになった。ぼくが面倒を見てもらっているように、クレアの面倒を見てあげたいと思った。

「他人の本当の姿なんて、わからないのかもしれないわね」ターシャがしんみり言う。

「ごめんなさい」急にクレアが姿勢を正し、落ち着きを取り戻した。「わたしのことばかり話してしまったわ。ご主人はデイヴというんでしょう?」

「恋人よ。中立な言葉を選べばパートナー。つきあって十年になるわ。どちらも結婚は考えていないけれど、結婚よりふたりの関係のほうが大事だと思ってる。いまのままで楽しくやってるもの。子どもはいないけど、来年あたりつくるつもりよ。デイヴはサッカーに夢中でだらしないし、わたしは彼を怒らせてばかりいるけど、うまくいってるわ」ターシャがすまなそうに言った。

「嬉しいわ。だって、どんなときでも希望はあるってことだもの」クレアがほほえんだ。スティーブのせいで涙に暮れているけれど、クレアは別の意味で孤独でもあるのだ。ターシャが救いになってくれるかもしれない。クレアにはぼくがいるものの、人間の友だちが必要ないと思うほどうぬぼれてはいない。

「ねえ、わたし読書会に参加してるの。本の話をするよりワインを飲んだりおしゃべりする時間のほうが長いから、ちょっといい加減なところもあるけれど、よかったら参加してみない？　絶好の出会いの場になるし、自分で言うのもなんだけど、みんないい人ばかりよ」

「ぜひ行ってみたいわ。人生を立て直したいの。そのためにここに来たんだもの」

「乾杯しましょう」ターシャがグラスを掲げた。「再出発に」

ぼくにも異存はなかった。人間がいやがるのは知っていたけれどテーブルに飛び乗り、前脚でグラスに触れてぼくなりに仲間に加わった。

ふたりがぼくを見て笑い声をあげた。

「すごい猫を飼ってるのね」ターシャがべた褒めした。

「そうなの。この家についていたのよ。でもアルフィー、テーブルの上はだめよ」言葉とは裏腹に、クレアは怒ってはいない。笑っている。ぼくは猫流の笑みを浮かべてテーブルから飛びおりた。

ふたりとも楽しそうだったので、このあいだにもうひとりの友だちのジョナサンの家へ行って、プレゼントを受け取ってくれたか確かめることにした。猫ドアから外へ出たときも、ふたりは笑っていて気づいていないようだった。ターシャがクレアを明るい気持ちにしてくれるのが嬉しかった。

四十六番地の裏庭を横切ったときは、外は暗くなって気温もさがっていた。大きな太った雄猫が威嚇してきたけれど、怒鳴りつけたら引きさがった。どうせ太りすぎで追いかけてはこられない。

ぼくは猫ドアをくぐって汚れひとつないキッチンに入った。真っ暗だったが、すぐ居間のソファにいるジョナサンを見つけた。目の前に置かれたパソコンのモニターに男性の顔が映り、なにかしゃべっている。

「ありがとう、感謝するよ」ジョナサンが言った。

「お安い御用さ」相手の男性は英語をしゃべっているが、アクセントがおかしい。年齢はジョナサンと同じぐらいだが、ハンサムとは言えない。

「仕事が見つかってほっとしたよ。暇なのには、もう飽き飽きだ」

「前の会社と同じとはいかないが、いい会社だし、おまえに合ってるはずだ」

「イギリスに来ることがあったら、ディナーをおごるよ」

「おまえがシドニーに来たら、おれがおごってやる。じゃあ、またな」

ジョナサンがパソコンを閉じ、ぼくの登場のときがやってきた。ぼくは精一杯背伸びして、高々としっぽをあげた。そして脚をクロスさせるとびきりのキャットウォークで、ゆっくりかつ決然とジョナサンに近づいた。

ジョナサンが大きくため息をついた。

「またおまえか。それに、鳥の死骸を置いていったのもおまえだな?」前回より声が怒っていない。やっぱり喜んでくれたのだ。ぼくは首をかしげてミャオと答えた。ぜったいあの鳥を気に入ってくれると思っていた。

「なんで猫は、人間は家のなかに死んだ動物を持ちこまれるのがいやなんだって、理解できないんだ?」ぼくは不思議に思ってジョナサンを見た。そういう人間がいるのは知っているけれど、ジョナサンはたいていの猫と似たタイプだ。追いかけるのと仕留めるのが好きなタイプ。認めようとしなくても、ぼくのプレゼントを気に入りはじめているのは間違いない。ジョナサンが立ちあがった。

「取引しよう。食べ物をやったら、放っておいてくれるか？」ぼくはふたたび首をかしげた。これも本気じゃないのはわかっている。「うまくいく可能性もあるな。えさをやらないから戻ってくるんだとしたら、逆心理が効くかもしれない」

なにを言っているのかわからなかったが、ジョナサンはキッチンへ行って冷蔵庫からエビを何匹か出してボウルに入れた。お皿にミルクもよそってくれた。

「機嫌がいいからやってるだけだぞ。仕事が見つかったんだ」目の前のごちそうを夢中で食べるぼくのうしろでジョナサンが言った。ぼくは有頂天だった。

ジョナサンが冷蔵庫へ戻り、ボトルを出して栓を抜き、中身を飲みはじめた。「心底ほっとしたよ。もう仕事が見つからないんじゃないかと心配になっていた」身震いするジョナサンをよそ目に、ぼくは食べつづけた。

「なにをやってるんだ、ぼくは」ジョナサンがつぶやいた。「猫に話しかけるなんて。頭がおかしくなった兆候は、これでふたつめだな」ひとつめはなんだったんだろうと、ぼくはちらりと思った。

食べ終わって前脚をきれいに舐《な》めていると、ジョナサンがビールをちびちびやりながらこちらを見ていた。ぼくはジョナサンの脚に体をこすりつけて感謝を伝え、来たときと同じようにさっさと帰った。

ジョナサンとの接し方は心得ている。依存する猫だと思われてはいけない。ボスタイプが依存タイプを好まないのも、昼メロで学んだ。それにしても、我ながら成長したものだ。怯《おび》えて傷ついた孤独な猫だったのに、路上生活を耐え抜いて、こうして面倒を見てくれる友だちがふたりできるところまで来たとは。マーガレットとアグネスがどこかで見ていて、誇りに思ってくれたらいいと思う。

むかしの暮らしを思いだすと悲しくなるけれど、クレアの家へ戻るあいだ、ずっと笑顔をこらえきれなかった。二回も夕食にありついただけでなく、ジョナサンがぼくに好意を抱いていて、あの大きな家も我が家と呼べるようになるのも時間の問題だとわかったのだ。

今週末のことを考えた。クレアは両親に会いに行くと言っていたが、キャットフードは用意してくれるだろう。

きっと寂しくなるだろうけれど、クレアが留守になるのが楽しみでもあった。ジョナサンとちゃんと仲良くなるチャンスだ。もっと一緒に過ごせば、ぼくを好きにならずにいられないとわかるはずだ。なにしろ、アグネスを籠絡するまでだってほんの数日しかかからなかったし、アグネスはジョナサンよりはるかに気むずかしくて頑固だったのだから。

Chapter 11

荷物をまとめるクレアは、そわそわと落ち着きがなかった。唇を噛《か》み、思うように足が動かないように、途中で何度も腰をおろしている。

ぼくは勘がいいほうだ。おそらく、ろくでなし野郎のスティーブと恋人にばったりでくわすのを恐れているんだろう。ただ、たしかにいまは症状がぶり返しているものの、クレアはここ数日でかなり元気になった。ターシャと仲良くなったらしく、その証拠に今週末はふたりで読書会とやらに参加することになっている。

いまクレアが読んでいる本は、夫の殺害を計画中の女性の話だ。結婚しているときに読んでいたら、離婚より安あがりな方法のヒントになったのにと、本人は話していた。読書会で友だちが増えるといいと思う。なによりもクレアにはまた幸せになってほしい。最近は、クレアの幸せなしに自分の幸せはないような気がする。

一緒に暮らして二週間になるが、すでにクレアが大好きになっていた。アグネスとマーガレットのことが大好きだったから、そうとわかる。マーガレットはりっぱな人だった。辛《つら》いときでも常にほほえみを絶やさず、たとえ自分にいろいろ助けが必要なときでも他人を助けようとした。マーガレットには大いに感化された。いまのぼくがあるのは彼女のおかげだ。

クレアにはぼくの愛が必要で、それを与えるのがぼくの務めだ。ぼくは荷づくりするクレアのそばを離れず、いつも以上に体をこすりつけて、ぼくがついていることがしっかり伝わるようにした。

一階へ荷物を運んだクレアは、振り向いてぼくを抱きあげた。

「本当にわたしがいなくても大丈夫？」目に気遣いがあふれている。

ぼくは〝もちろん〟と言うかわりに軽く頭を動かした。

「食事はたっぷり置いておいたわ。危ないことだけはしないでね。アルフィー、寂しくなるわ」そう言ってぼくの鼻にキスした。クレアがこんなことをするのは初めてだ。ぼくはお礼に喉を鳴らした。

車のクラクションが聞こえ、クレアがもう一度ぼくを撫《な》でてから外に出て鍵をかけた。ぼくはクレアがろくでなしのスティーブに動揺させられることなく無事に週末を過ごせるように祈ってから、出かけた。

近くで遊んでいる年下の猫二匹に挨拶し、そのまま通りの端に立つフラットの様子を見に行った。もう引っ越しが終わっているかもしれない。

22Aの玄関先に人間のカップルがいるのが目に入り、ぴたりと足が止まった。女性はひもで胸になにか固定している。目を凝らすと、どうやら泣きじゃくる赤ん坊のようだった。

男性が女性の肩を抱いている。女性は美人だった——すらりとした体型でブロンドの髪が長く、猫もうらやむ緑色の瞳をしている。ぼくは離れた場所に留《とど》まり、新居の鍵をかけるふたりをじっくり観察した。内心は嬉《うれ》しくて舞いあがっていた。三人もいる。そのうちひとりはぼくより小さいけれど、ひとり暮らしの人間ではなく三人家族に面倒を見てもらえるかもしれない。

ぼくはふたりの会話が聞こえるように、そっと近づいた。

「大丈夫だよ、ポリー。家具が入れば居心地もよくなるさ」男性のほうが背が高く、髪の毛は寂しいけれどやさしそうだ。

「そうかしら。マンチェスターからかなり離れているし、前の家よりずっと狭いわ」

「一時しのぎだと思えばいい。ここは賃貸だ。落ち着き次第もっといいところへ引っ越せる。きみだって、ぼくがこの仕事を断れなかったのはわかってるだろう？　ぼくたちの未来のためだ、そしてかわいいヘンリーのため」男性がかがんで赤ん坊の頭にキスすると、泣き声がやんだ。

「わかってるわ、マット。でも怖いの。すごく怖い」エドガー・ロードに至る旅に出発したときのぼくと同じぐらい怯《おび》えている。

「心配ない、きっとうまくいく。明日、家具が着けば、狭苦しいホテルの部屋からロンドンの新居に移れる。それだけでもいいことじゃないか。これはぼくたちの再出発なんだ。家族で踏みだす再出発」

　ポリーに腕をまわし、まともな男らしく妻と我が子を抱きしめている姿を見たとたん、マットが好きになった。直感的に、家族の一員にしてもらうのにうってつけの家庭だとわかる。マットたちが帰っていくと、ぼくは引っ越しが終わったころまた来てみようと決めた。自己紹介するのは、そのときのほうがいい。

　足取りも軽く、ジョナサンの猫ドアをくぐった。これを撤去するという脅しを実行に移していないのが、ぼくに好意を持っている証拠だ。ジョナサンは、今度も居間でパソコンに向かっていた。モニターを見ると、人間ではなくぴかぴかの車の写真が映っていた。ぼくはジョナサンの隣に飛び乗った。

「また来たのか。ゆうべの取引がわからなかったようだな」

わかったけれど承諾していないだけだと伝えたくて、大きくミャーオと鳴いた。

「とりあえず、今日は死んでるものを持ってこなかったことに感謝するよ」気持ちが落ちこんだ。手ぶらで来たのがいたたまれなかった。ぼくは横になってキーボードに頭を載せた。怒らせてしまったのかもしれないと思ったが、ジョナサンは笑ってくれた。

「来いよ。エビの残りをやろう。あのままにしておいても捨てるだけだ」

ぼくは舌なめずりしながらジョナサンについてキッチンへ行った。そしてボウルに入れてもらったエビをむさぼった。おなかが空《す》いていたわけではないけれど、新鮮なエビはまたとないごちそうだ。

食べ終わったとき、今夜のジョナサンがおしゃれをしていることに気づいた。スーツではないが、だらしない格好でもない。ぼくはうっすら目を細め、ジョナサンに不審のまなざしを向けた。

「そうだよ、しつこいアルフィー、今夜は街にくりだすんだ。ぼくがおまえなら、起きて待っていようとは思わない」

ジョナサンが笑い、あっという間に颯爽《さっそう》と玄関を出ていった。

我が家が二軒あるのに、ひとりぼっちだ。以前の家ではひとりぼっちになることなんてめったになかった。マーガレットが出かけてもアグネスがいたし、アグネスが死んだあと、マーガレットが留守にするのはほんの短いあいだだけで、出かけたのに気づかないほどだった。

　22Aの家族が引っ越してくるまで待てない。ぼくには必要なものがある――食べ物、水、暖かい家、膝、そして愛情。望むのはそれだけなのに、生まれてから短いあいだにいろいろ苦労してきたせいで運任せの行動に出られずにいる。

　さしあたって、ジョナサンの高級そうなソファで寝てみよう。そしてああは言われたけれど、起きて待っていよう。クレアが留守のあいだ、家族はジョナサンしかいないんだから。

Chapter 12

ぼくは過ぎ去った日々のことを思いだしていた。マーガレットとアグネスと暮らしていたときのことを。

あの日は寒くて、アグネスは苦しんでいた。獣医に電話をかけたマーガレットは、最期が近いと告げられた。アグネスを病院に連れてくれば苦痛を和らげる処置をする、さもなければ眠らせると。

マーガレットはむせび泣き、悲しみの涙がくぼんだ頬を流れ落ちていた。ぼくも泣きたかったけれど、アグネスが懸命に気丈を保っていたので感情を押し殺し、余計な苦痛を与えていないように祈りながら寄り添っていた。マーガレットは獣医に行こうとしたが、高齢で車もなかったのですぐには行けなかった。もうキャリーを持ちあげるのもむずかしくなっていた。

マーガレットが近所に住むドンという名の親切な男性に電話すると、たいして歳《とし》が変わらないのにドンが車を出してくれた。ドンはいつも快くマーガレットに手を貸していた。数年前ドンの奥さんが亡くなったあと、アグネスはふたりがいずれ一緒になるんじゃないかと思っていたらしい。でもマーガレットは心底からひとりでいるのが好きだった。「わたしに必要なのは猫だけよ」マーガレットはよくそう言って笑っていた。いまでもその声が耳に残っている。

あの日、アグネスが獣医へ行っているあいだ、ぼくは留守番をさせられた。ひとりぼっちにされて、生まれてこのかた出したことがないほど大きな声で鳴きつづけた。アグネスを失うのが怖くてたまらなかった。たとえ帰ってきたとしても、残された時間が少ないのはマーガレットの会話でわかっていた。

アグネスは帰宅を果たし、ぼくは大喜びした。あんまり嬉《うれ》しくて、アグネスを舐《な》めつづけた。二度と会えないと思っていたのに、たとえ言葉数は少なくても、アグネスがこれまでどおりそばにいる。それが嬉しくてたまらなかった。

でも、朝になる前にアグネスは旅立ってしまった。一緒に寝ていたぼくは、夜中に目覚めてアグネスの鼓動が聞こえないことに気づいた。ほんの数時間のあいだに、幸福感と不幸のどん底を味わった。

あれは、生涯最悪の日だった。

悲しい物思いが玄関の鍵をあける音でさえぎられ、つづいてけたたましい笑い声と乾いたヒールの音が響いた。真っ暗な居間に入ってくる足音が聞こえ、伸びをしようとしたとき、だれかが倒れこんできた。

ぼくは鋭い声をあげた。つづいて女性の悲鳴が聞こえた。ジョナサンが明かりをつけて、ぼくをにらんだ。

「ぼくのソファでなにをしてる？」腹を立てている。できるものなら、同じ言葉を返してやりたかった。先にいたのはぼくのほうだ。でもしゃべれないので床に飛びおり、状況を確認した。

女性は以前会った人ではなかった。痩せて背が高く、やけに短いスカートを穿《は》いて長い脚を見せびらかしている。

「あなたの猫？」女性の話し方はわずかに舌がもつれていた。酔っ払った人間って、いったいどうなってるんだ？

「違う。無断居住だ」ジョナサンがぼくをにらみながら答えた。〝無断居住〟がなにかは知らないが、いい意味には聞こえない。女性が改めてジョナサンに近づき、抱きついた。

ふたりがキスを始めたので、退散することにした。巷《ちまた》でよく言うように、所詮三人めは邪魔者なのだ。

クレアのベッドで目を覚ますと、外が明るくなっていた。ぼくは弾む足取りで一階へおり、クレアが用意してくれたボウルのひとつで食事をして水を飲んでから、早朝の散歩に出かけた。ジョナサンのエビほどごちそうとは言えないけれど、とりあえず栄養は足りている。

ジョナサンを訪ねるのは、しばらくやめておくことにした。お客さんが帰ったあとにしたほうがいい。だから、かわりに二十二番地のフラットの様子を見に行った。

朝早いのに、前庭にはこのあいだの背の高い女性がいて、男性がヴァンから家具をおろしていた。美人なのに、女性はとても不安そうだった。さかんに唇を噛《か》んでため息をついている。やっぱりぼくは困っている人間に引きつけられるらしい。でもあの女性になにが必要なのかまだわからなかった。

「ヘンリーにおっぱいをあげてくるわ」家のなかで赤ん坊が泣きはじめると、女性が言った。

「わかった、ポリー。ぼくはこっちを進めてるよ」

ぼくは女性を追って家のなかに入った。一階だけで階段がない。かなり狭く、すぐにでも住めそうに見えた。まだ整理していない荷物が山ほどあるが、大きなグレーのソファとそろいのひとり掛けソファはすでに置かれていて、ポリーが赤ん坊を抱いてそちらへ行った。

赤ん坊は、胸に抱き寄せられたとたん泣きやんだ。ぼくはものすごく興味をそそられた。テレビでは見たことがある光景だけれど、実際に見るのは初めてだった。乳離れしてマーガレットの家に行く前に、母親におっぱいをもらっていたころのおぼろげであやふやな記憶が呼び起こされ、強い郷愁にかられた。

そのとき、女性が顔をあげてぼくに気づいた。まばたきして挨拶しようとしたとき、女性が悲鳴をあげた。赤ん坊が泣きはじめ、外にいた男性が駆けつけてきた。

「どうした?」声に不安がにじんでいる。

「猫がいるわ!」赤ん坊を落ち着かせようとしながら女性が叫んだ。

ぼくはちょっとむっとした。こんな反応をされるのは初めてだ。ジョナサンですらしたことがない。

「ポリー、ただの猫だ。そんなにあわてなくてもいいんじゃないか?」子どもに言うようにやさしく話しかけている。赤ん坊は静かになったが、今度はポリーが泣きだした。

ひょっとしたら重大な過ちを犯してしまったのかもしれない。きっとこの人は、極端な猫恐怖症なのだ。そんなものがあるのかわからないけれど、どう見てもぼくを怖がっている。

「でも、猫は赤ちゃんを殺すってなにかで読んだわ」

ぼくは殴られたみたいなショックを受けた。これまでいろんな非難を受けてきた――鳥やネズミだけでなく、必要に迫られたときはたまにウサギを殺したことで。でも赤ん坊を殺したことはない。とんでもない話だ。

「ポリー」男性がポリーの前にしゃがみこんだ。「猫は赤ん坊を殺したりしないよ。赤ん坊がベッドで寝ている部屋に猫を入れるなと言われているだけだ。一緒にベッドで寝ようとした猫が窒息させてしまうことがあるからね。この猫は起きているし、ヘンリーはきみといる」マットのことがもっと好きになった。話し方がやさしくて、とても辛抱強い。

「本当?」どうやらぼくに対してかなり神経過敏になっている。この人はどこか変だ。クレアとはまた違うけれど、ぜったいにふつうじゃない。

「きみがいるのに、この猫にヘンリーを殺せるはずがないだろう?」マットがぼくを抱きあげた。やっぱりいい人だ。しっかりと、でもやさしく抱いてくれている。抱かれ方で相手のことがかなりわかるものだ。ジョナサンは少し乱暴だけれど、この人の抱き方は非の打ちどころがない。

「マット、でも……」ポリーはまだ不安そうだ。

「この子の名前はアルフィーだそうだ」マットがぼくの名札を読んだ。「やあ、アルフィー」そう声をかけ、ぼくを撫《な》でた。気持ちがよくて、ぼくは頭をこすりつけた。「いずれにしても、この子はここに住んでるわけじゃないから、なにも心配することはないよ。たまたま玄関があいていたから、入ってきただけさ。どこに住んでるんだい？」マットに訊《き》かれ、ぼくは精一杯かわいい声でミャオと答えた。

「なぜここに住んでないと言いきれるの？」

「名札に電話番号が書いてある。気がすむなら、電話をかけてみようか？」

「いいえ、きっとあなたの言うとおりよ。とにかくその猫を外に出して」

完全に納得したようには見えなかった。赤ん坊は母親に抱かれて眠っているし、マットは感じがいいけれど、この小さな四角い部屋に悲しみがあふれているのをひしひしと感じる。

「わかった。じゃあ、ぼくは荷おろしをすませてしまうよ。行こう、アルフィー、自分の家に帰るんだ」

マットがぼくを外へ運び、そっと玄関先におろした。家のなかをすべてチェックできなかったけれど、もうポリーを動揺させたくなかった。

夕食までまだ数時間あったので、またジョナサンのプレゼントを探すことにした。ようやくぼくに対する態度を和らげたことだし、ここでだめ押しをしておかないと。ポリーのことはあきらめるしかなさそうだから、ジョナサンを味方にできたらなにかと便利なはずだ。

Chapter 13

二十二番地をあとにしたときはジョナサンのプレゼントを探すつもりだったのに、明るい日差しに気を取られてしまった。猫は夜行性なんだから狩りは夜するべきだとさんざん言われてきたけれど、もともと夜歩きはあまり好きじゃないうえに恐ろしい旅を経験したから、最近は必要に迫られたときしか夜の外出はしない。

鳥はいくらでも飛んでいたけれど、近所にある公園のそばの草むらに座っていると、ヒラヒラと飛びまわる蝶《ちょう》が目に入った。何度か飛びかかってみたものの、逃げられてしまった。すると、近くの茂みに何匹かとまっていることに気づいた。我慢できずに追いかけた。

マーガレットと暮らしていたころは、こうやって遊ぶのが大好きだった。あちこち飛びついてみたが、毎回逃げられる。少し息切れしながら、最後にもう一度だけ葉っぱの大きな茂みに飛びこんだ。でも目測を誤って尻もちをついてしまった。通りすがりの鳥が笑っている。お尻はひりひりするし、ちょっぴり恥ずかしかったけれど、楽しかった。ぼくは威厳を振り絞って起きあがり、狩りはまた今度にすることにした。

日向《ひなた》ぼっこに最適な場所が見つかり、うっかり眠りこんでしまった。ずいぶん長く眠っていたらしく、どちらがハンサムか言い争う近所の猫の甲高い鳴き声で目覚めたときには、暗くなりかけていた。こういう言い争いはよくある。猫はうぬぼれが強いのだ。二匹に意見を求められたが、巻きこまれたくなかったから、どちらもハンサムだと答えて体よく退散した。

クレアはまだ留守なので、ジョナサンの家に戻った。猫ドアをくぐると、家のなかは真っ暗だった。

無人のキッチンを抜けて居間へ向かう。すると意外にも、ジョナサンがソファで横になっていた。クッションを枕にして眠っているように見えたが、目をあけている。ゆうべいた女性の気配はなく、またひとりだ。

ジョナサンが居間に入ってきたぼくに気づいた。手ぶらなのが悔やまれた。いまのジョナサンにはどう見てもプレゼントが必要だ。

「また来たのか」にこりともせずにジョナサンが言った。「会えて嬉《うれ》しいとうっかり口走りそうな気分だな。少なくとも、これでもうここもがらんとした家じゃなくなった」ぼくはミャオとお礼を言ったが、どこまで褒め言葉かわからなかった。それでもとりあえずいちかばちかソファに飛び乗り、ジョナサンの隣に座った。ジョナサンはぼくを見たがおりろとは言わず、それは一歩前進だった。

「ここにいないときは、どこに行ってるんだ?」出し抜けにジョナサンが尋ねた。ぼくはミャオと答えた。「ひたすら通りをうろついてるのか?　なんだかおまえがここに住んでるような気がしてきたよ」ぼくは戸惑い顔を浮かべるジョナサンに向かって喉を鳴らし、同意を伝えた。「おかしなもんだな、アルフィー。でもこれがいまのぼくの暮らしなんだ。ひとり暮らしには広すぎるがらあきの家に住み、友だちもほとんどいない」ぼくはここで会った女性ふたりのことを考えた。「一夜限りの相手は数に入らない。四十三にもなって、なにをやってるんだ。生きてきた証《あかし》がなにひとつないなんて」すっかり自分を憐《あわ》れんでいる。「妻もいなければ、家族もいない。友だちは数えるほどだし、そのほとんどは海外にいる」

ぼくはジョナサンにすり寄って喉を鳴らし、同情を示した。

「おまえだけだ、アルフィー。四十三年生きてきて、話し相手は猫一匹。しかも自分の猫なのかもわからないときてる」

ぼくはジョナサンに向かって首をかしげ、大丈夫だと伝えようとした。

「腹が減ってるんだな？」ぼくは思いきり大きくミャオと鳴いて答えた。おなかが空《す》いてるどころじゃない。飢え死にしそうだ。あとを追ってキッチンへ行くと、ジョナサンが冷蔵庫からスモークサーモンを出した。クレアのことは大好きだけれど、ジョナサンとのディナーはやっぱり格別だ。ジョナサンは床に置いたお皿にサーモンを何枚か置き、食べはじめたぼくを撫《な》でた。それはこれまでにないやさしい撫で方だった。ぼくたちは男同士の絆《きずな》を楽しんだ。

意外な展開ではあったけれど、ぼくは食べることに集中した。ぼくには少し感傷的なところがあって、胸が熱くなっていた。感動していた。ぜったいにジョナサンを籠絡しようと心に決め、そのためなら何度でも通うつもりでいたけれど、まさかこんなに早く成功するとは思っていなかった。食べるのに夢中でなかったら、嬉しくて飛びあがっていただろう。

どちらも夕食を食べ終え、一緒に居間へ戻った。大きな男と小さな猫は、一風変わったコンビだった。並んでソファに腰をおろすと、幸福感で胸がいっぱいになった。

ジョナサンが大画面テレビのスイッチを入れ、銃を持った男が暴れまわる番組を見はじめた。そばにいても怒られないのが信じられないまま、ぼくはジョナサンに寄り添っていた。

ジョナサンはテレビを見ながらぼんやりぼくを撫でていて、ぼくは番組の内容は気に入らなかったけれど、撫でられてすごく気持ちがよかったのでじっとしていた。そして、ジョナサンが求めているものを必ず与えてあげようという決意を強めた。

Chapter 14

目を覚ますと暗かったので、夜明け前とわかった。まだジョナサンのソファにいるのがちょっと意外だった。ジョナサンはぼくを放りださず、眠ったままにしておいたのだ。どうやらジョナサンが身の毛のよだつ映画を見ているあいだに寝てしまったらしい。立ち去りがたかったけれど、クレアの家に帰って朝食を食べてから22Aになにか動きがないか様子を見に行きたかったので、外に出た。22Bにも間もなくだれか越してくるかもしれない。どんな家族だろう。二軒のうち感じがいいほうに通うことにしよう。ポリーに〝赤ん坊殺し〟と言われたことが忘れられない。

朝食を終えて二十二番地へ行くと、家の外にヴァンが停《と》まっていて、もう一軒の玄関があいていた。ダークブルーのヴァンは昨日マットとポリーが家具を運んできたしゃれた車とは大違いで、街灯にぶつけたり動物を轢《ひ》いたことが何度もあるみたいにあちこちへこんでいる。震えが走った――どうか轢かれたのが猫じゃありませんように。

ふたりの男性がヴァンから荷物をおろして家のなかに運んでいる。ぼくは開いた玄関のドアからなかをのぞきこんだ。

２２Bは二階だ。玄関を入ってすぐ狭いスペースがあり、その先が階段になっている。入ってみたかったけれど、男たちがテーブルを運んできたのでやめておいた。狭いスペースにテーブルを通すのにてこずっているから、いまは関わらないほうが無難だ。ふたりは知らない言葉をしゃべっていた。大声で、舟でもこいでいるような身振りを交えている。テーブルを急な階段の上へ運ばなければいけないんだから、無理もない。

ぼくはしばらく離れたところで見ていた。なかに入りたくてうずうずしたけれど、不安と迷いがあった。ふたりともかなり体格がいいことも理由のひとつだし、知らない言葉も気になった。猫を食べる土地から来たのかもしれない。そんな土地があるのか知らないけれど、運任せにはしたくない。アグネスから犬を食べる国の話を聞いたことがある。そういう文化を持つ国もあるのだ。ふたたび震えが走った。鍋のなかで一生を終えたいとは思わない。

とはいえ、どんな人がここに住むのか確かめたかった。だから物陰にひそんで一階へ戻ってきたふたりを観察した。うまく隠れたつもりだったのにひとりがぼくに気づき、近づいてきて撫《な》でてくれた。まばたきして挨拶すると、相手もまばたきを返してきた気がした。

大男のわりにやさしい態度を見せられ、ぼくは喉を鳴らした。

その人は何度もまばたきしながら知らない言葉で話しかけてきて、そのうち女性がひょり現れた。かなり小柄で、黒髪に茶色い目をしたチャーミングな人だ。女性がしゃがんでぼくを撫でた。

「その子にポーランド語はわからないぞ」男性が女性にキスした。

「猫はそもそもしゃべらないわ、トーマス」女性がなまりのある英語で応えた。ふたりが笑い声をあげ、また知らない言葉でしゃべりだした。ポリーとマットと同年代で、とても気さくでやさしそうだ。女性の笑顔につられてぼくも思わず笑顔になった。もちろん目を細める猫の笑顔ではあったけれど。ただ女性は男たちと話すのに夢中で伝わったかどうか定かでなかったし、相変わらず三人がなにをしゃべっているのか皆目わからなかった。

「まだいるわ」ふいに女性がぼくに視線を戻した。

「たぶんぼくたちを歓迎してくれてるんだ」男性が茶化した。

「そうね。かわいい」

そう言ったあと、女性は突然真顔になり、怯《おび》えた表情で男性にしがみついた。ふたたび聞き慣れない言葉で話しだした女性に興味を引かれ、ぼくは首をかしげた。

「フランチェスカ、心配するな。暮らしやすい生活を求めてここに来たんだ。ぼくたちと息子たちのために。きっとうまくいくさ」男性がたくましい腕で抱きしめると、女性が泣きながらなんとか笑みを浮かべた。

どうやらこの友だちもぼくの助けを必要としているらしい。ぼくにはレーダーがあり、この通りが生きる目的を与えてくれる気がしてならなかった――すなわち、人間を助けることだ。

必要とされているとわかり、安堵《あんど》の笑みが浮かんだ。人間は思っていたより複雑らしい。でもこのふたりは友好的で、女性は悲しそうだけれどクレアにもポリーにもない強さが窺《うかが》える。この家なら歓迎してもらえそうで、また訪ねるのが楽しみになった。

家のなかに戻る女性を見送ったぼくは日が高くなっていることに気づき、今日二度めの食事をしに行くことにした。

猫ドアをくぐると、スポーツウェアを着たジョナサンがキッチンのテーブルでトーストとコーヒーの食事をしていた。ぼくは大きくミャオと声をかけた。

「ああ、おまえか。さては腹が減ってるな?」

隣の椅子に飛び乗ったぼくに、ジョナサンが笑い声をあげた。

「わかったよ、ちょっと待ってろ。トーストを食べたらやるから」ぼくは腰をおろしておとなしく待った。やっぱりジョナサンはどこかで大きな間違いを犯したと思う。以前聞かされた仕事のことではなく、この家だ。ひとり暮らしだとやけにがらんとしていて、なんだかジョナサンを小ばかにしてひとりぼっちなのをあざけっているように見える。ぼくなら、ジョナサンとぼくだけで暮らしてもこんなにわびしく感じない、もっと小さな家を選ぶのに。二十二番地のフラットのほうが合っている気がする。

ジョナサンがぼくに話しかける理由がわかってきた。クレアのように、寂しいからだ。たまらなく寂しくて辛《つら》い思いをしたのは、ぼくだけじゃないらしい。クレアもそうみたいだし、ジョナサンもだ。そしてたぶん、理由や状況は違っても、ポリーとフランチェスカもそうなのだ。

ぼくみたいな小さな猫にしては考えることがありすぎて、きちんと修復しなきゃいけないことはそれ以上にある。

ジョナサンが缶からツナを出してくれた。新鮮なエビやスモークサーモンほどごちそうではないものの、ぼくはなにかと文句をつけるタイプじゃない。

「ジムに行ってくるよ、アルフィー。猫しか話し相手がいない頭のおかしい男みたいに、ここでひとりでじっとしてぶくぶく太るわけにいかないからな」思いがけない話を打ち明けられてぎょっとしたが、ジョナサンが笑ったのでほっとした。ジョナサンの頭がおかしいはずがない。ちょっと不安定になっているだけだ。

　ぼくも少し運動することにした。今日はもう二回も食事をしているし、食べ物をもらえる家が二軒になったことは無視できない。とはいえ、食べるのをやめる気はなかった。何日もおなかを空《す》かせて辛い思いをしたから、死ぬまで食べ物を拒否するつもりはない。でも二十二番地の住人まで食べ物をくれるようになったら、ジョナサンだけでなく、ぼくも太ってしまう。それは避けないと。そもそも猫ドアをくぐれなくなってしまう。

　通り沿いの複数の家を訪ねることであちこち歩きまわってはいるものの、マーガレットと暮らしていたときのように少しだらけ気味だと自覚している。体重が増えて見た目もよくなった。それでも、だらけきって現状に満足してはだめだ。また自力で生きていくしかなくなったら？　考えただけでぞっとする。その可能性がないとは言えない。

　そんなことにはならないと信じたいけれど、二度と運任せにしたくなければ万一に備える必要がある。

Chapter 15

クレアが買ってくれたしゃれた猫ベッドで丸くなっていると、玄関の鍵をあける音がした。新しいベッドは青と白のストライプで、寝心地では以前使っていたバスケットに負けるが、なかなか快適だ。

クレアはまっすぐぼくのところへ来てたっぷり撫《な》でてくれたので、ぼくはすっかり嬉《うれ》しくなった。それにほっともした。泣きながら帰ってくるんじゃないかと心配していたのだ。それどころか、帰ってこないかもしれないと気をもんでいた。

「会いたかったわ、アルフィー」そう言われ、胸が熱くなった。「あなたも会いたかった?」笑顔だし、元気そうだ。まだ痩せすぎていて、その姿を見ると初めてクレアに会ったときの自分の姿がよみがえった。でも髪には艶があり、頬にもいくらか血色が戻っている。どうやら週末出かけたことは、プラスになったらしい。

ふと、クレアは前に住んでいた場所に戻るつもりなのかもしれないと思って焦ったが、なんとか気持ちを落ち着かせた。クレアはここにいる。ちゃんと帰ってきた。肝心なのはそれだ。猫のわりに心配性なのは自覚しているけれど、それは過去の影響だ。自分が味わったような悲しみを抱えている人間を、助けずにいられない。その衝動はとても強く、できることはなんでもしてあげたい。

クレアがキッチンへ行ってぼくの食事をよそい、やかんを火にかけてお茶を淹《い》れた。食事を終えると、クレアはおもちゃがいっぱい入った袋を持ってきた。ひもの先にネズミみたいなものがついているおもちゃ、ボール、キャットニップ、そしてジャラジャラ鳴るもの。

ぼくはクレアの脚に体をこすりつけてお礼を伝えたが、本当はただの靴ひもでもじゅうぶん楽しめる。仔猫《こねこ》のころからおもちゃに夢中になるタイプではなく、それはひとえにアグネスがおもちゃを軽蔑していたからだ。アグネスに気に入られたくて、ぼくもおもちゃなんかくだらないと言わんばかりの態度を取っていた。でもいまは、クレアを喜ばせるために敢《あ》えておもちゃで遊んだ。恩知らずと思われたくない。

ソファの下までボールを追いかけたら、危うく体がはまりそうになってしまった。前脚でソファの下からボールを転がして自分も出ると、クレアが笑っていた。嬉しそうに手を叩《たた》いている。

次に音が鳴るおもちゃを前脚ではさんで拾いあげようとしたが、おもちゃが下に落ちて床の上をすべってしまった。ぼくはまた追いかけた。チリンチリンと不思議な音がするおもちゃはつかまえたと思うたびにすり抜けてしまい、部屋じゅうを走りまわるはめになった。腹立たしいことこのうえなかった。クレアは楽しそうにしていたが、ぼくにはなにが楽しいのかまったく理解できなかった。

荷物の整理をすると言ってクレアが二階へ行ったので、ぼくはひと眠りすることにした。おもちゃで遊ぶのは重労働なのだ。それにたっぷり食事をしたせいで眠くなってきた。昼寝の時間だ。

しばらくして、笑い声に起こされた。クレアの家ではめったにないことだから、一気に目が覚めた。するとターシャが現れ、ぼくを抱きあげて首筋に顔をうずめ、さんざん撫でまわしてくれた。

「こんにちは、ハンサムくん」ターシャはどう見ても猫好きで、こんなにぼくをかわいがってくれる。それなのに猫を飼っていないのが不思議だった。飼っていないのはにおいでわかる。

クレアがグラスをふたつ持ってやってきた。

「いつまでもそんなふうにされてたら、あなたと住みたくなるんじゃないかしら」笑っている。打ちひしがれていた以前の姿はどこにもない。別人みたいだ。なにがこの変化のきっかけなのか、早く知りたい。

「できるものなら連れて帰りたいけど、デイヴが猫アレルギーだから、ここでかわいがるしかないのよ」

「まあ、気の毒に。アレルギーって、間違いないの？」

「ええ。だからここに来たあとは、シャワーを浴びて着替えもするのよ。そのぐらいひどいの。まあ、彼がばかなまねをしたときは、うっかり忘れるかもしれないけど」

ふたりそろって笑い声をあげている。ぼくは少し傷ついていた。ぼくにアレルギーを起こすことが笑えることとは思えなかった。猫アレルギーなんて、いったいどういう人間なんだろう？

クレアがまた姿を消し、食べ物が載ったお皿を持ってきた。ダイニングテーブルにお皿を置き、ターシャと腰をおろす。驚いたことに、そして嬉しいことに、クレアが食べはじめた。これまで見たことがないほどちゃんと食べている。クレアが確実に元気になっているのが嬉しくて小躍りしそうになったけれど、大騒ぎして驚かせるといけないのでやめておいた。

「それで、なにがあったの？」ターシャが訊《き》いた。「この週末にいいことがあったんでしょう?」

「そうなの、すごく気が楽になった。ミッションの第一段階をクリアした気分よ。敵に遭遇したのに、無事切り抜けたんだもの。ほら、地元に帰ったらあのふたりにばったり会う可能性があったでしょう? 本当に会ったのよ」クレアは上機嫌と言ってもいいほどで、ぼくはその理由を考えてみたけれど、限られた理解力では限界があった。

「どこで?」ターシャが目を丸くしている。

「母とスーパーへ行ったの。母はいまだにわたしを五歳の子どもだと思いこんでいて、食べ物を山ほど持ち帰らせようとするのよ。ロンドンにはスーパーがないとでも思ってるのかしら」

「クレア、話がそれてるわよ」ターシャが笑いながらせっついた。

「ごめんなさい、要するに、野菜売り場にいたとき、いきなりふたりが現れたの。彼はカートを押していて、彼女はなにか文句を言ってたわ。わたしのほうが先に気づいたんだけど、幸せそうには見えなかった」クレアのほうはかなり幸せそうだ。

「なぜ文句を言ってたの?」ターシャが尋ね、ぼくは耳をそばだてた。

「さあ。でも彼女、太ってたわ。ふたりがつきあいはじめる前より太っていて、最初は妊娠してるのかと思ったぐらい」

「妊娠してるの?」

「いいえ。でもその話はあとでするわ。わたしは必死で腕をつかんでくる母と一緒に、ふたりと顔を合わせることになった。正直言って、彼はたいしてすてきに見えなかったわ。でも、きっとこれまでちゃんと見えていなかっただけね」

「以前は色眼鏡で見ていたから?」

「そう。彼に挨拶されたから、わたしも挨拶したの。彼女はぎょっとした顔で立ち尽くしていた。おしゃれして髪のセットやメイクに手を抜いていなくてよかったわ」

「だから、いつもきれいにしてなさいって言ったでしょう。ろくでなしに会ったときのために」

「ええ、言われたとおりにしてよかった」クレアが明るく笑い、突然キスしたくなったぼくは実際に彼女にキスをした。ただし、クレアがしゃべりつづけていたので腕に。クレアが誇らしい反面、なぜそう思うのかよくわからなかった。「ふたりに元気か訊いたら、元気だってもごもご答えていたけれど、そうは見えなかったわ。自分が痩せすぎてるって、いまはわかるの。でも彼女が二カ月で二十キロ近く太るなんて信じられる? 彼がわたしを捨てて選んだ人とは似ても似つかなかった。それでね、山場はその次だったの。わたしが大人の対応をしているあいだ、母は隣でおとなしくしてたんだけど、出し抜けに訊いたのよ、予定日はいつかって！」

「嘘でしょ？」

「嘘じゃないわ。彼女はそそくさと逃げていって、スティーブは気まずそうに妊娠なんてしてないと答えた。悦に入ってもいい場面だったけれど、なんだかふたりが気の毒になったわ。どうしてかしらね。彼女はスティーブが結婚してるのを承知のうえで深い仲になったんだし、あのふたりにはすごく傷つけられたのに、本気で同情したの。それって、すごいことでしょう？」

　クレアとターシャが抱きあい、子どもみたいに笑いあった。

　ぼくも嬉しくなって歓声をあげた。あまり詳しくはないけれど、男女関係が人間の生活をめちゃくちゃにするのはテレビで見たことがある。そんな思いをするぐらいなら猫を見習ったほうが暮らしやすいんじゃないかと思う。もちろん猫だって愛がどんなものかは知っているけれど、色恋となると危険を分散するのが猫社会の習いで、必然的に実利を重んじる。雌猫に魅力を感じることはあるし、実際ほとんどの雌猫は魅力的だけれど、一生連れ添おうと思うほど初心《うぶ》じゃない。猫はせいぜい数日か数週間、運がよければ数カ月一緒にいて、そのあとは仔猫を産むか立ち去るかだ。人間がひとりの相手と死ぬまで一緒にいることにここまで固執しなければ、もっと生きやすくなるのに。

「じゃあ、いやいやながらも地元に戻ったのは、結局よかったのね」

「あのふたりに会ったのに、思ったほど動揺しなかったし、ここへ越してきたのは単に逃げたんじゃないと思えるようになったわ。ロンドンにいたい。ここにはやりがいのある仕事と前途とすてきな家があるし、アルフィーと新しい友だちもいる。たしかに地元は楽しかったけれど、ここに帰ってきたかった。まだすっかり元気になってないのは自分でもわかるの。でも不安はいくらか消えたわ」

「お祝いしないとね。今週末に女子会をセッティングするわ。街にくりだして、ロンドンで最高のバーに行きましょう。カクテルといい男がいっぱいよ」

「いまなら行けそう」

「ところで、ほんとに二十キロも太ってたの？」

「はっきりとはわからないけど、かなり体重が増えてたのはたしか。わたしと違って、太る必要なんかないのに」

　ぼくはテーブルの下でクレアの脚に体をこすりつけ、変身ぶりを誇りに思っていることを伝えようとした。変わったのはぼくも同じだが、クレアはこれからもっと食べてワインを減らす必要がある。そうすればぼくみたいに元気いっぱいになるかもしれない。どうやらこれでクレアも再出発できそうだ。

「再出発に」クレアがグラスを掲げた。ぼくの心を読めるんだろうか。不思議に思いながらぼくはテーブルに飛び乗り、乾杯に加わった。

二本めのワインがそろそろあきそうになってクレアとターシャがばかばかしい話を始めたころ、ぼくはこっそりジョナサンの様子を見に行った。クレアは前より幸せそうだから、そろそろジョナサンを笑顔にすることにもっと集中してもよさそうだ。

クレアがなにを求めているかわかったのは似たような経験をしたからで、ぼくなら慰めたりなだめたりできそうな気がする。今度は同じことをジョナサンにしよう。ジョナサンとの関係は前進しているとはいえ、まだ道なかばだ。そう簡単にはいかないだろう。それは間違いない。

猫ドアからなかに入ると、ジョナサンがまた居間のソファに横たわっていた。ぼくに気づいたのに、珍しくなにも言ってこない。悪口も挨拶も言わずにこちらに虚《うつ》ろな目を向けている。テレビに視線を戻したが、元気そうには見えない。髪はぼさぼさでパジャマ姿だ。かなり前からこうしていたらしい。

どうすればいいかわからず、ぼくは隣に座ってやさしくミャオと声をかけた。

「腹が減ってるなら、あきらめろ。動く気はない」ジョナサンがむっつり応えた。それから体を乗りだし、怒っているわけじゃないと伝えるようにぼくを撫でた。また言葉と態度が裏腹だ。ぼくはおいしい食事をしたばかりで、ここにはやさしくするために来ただけだと伝えたかったけれど、鳴き声でちゃんと伝わるか自信がなかった。それでもとりあえずやってみた。ジョナサンは容易に理解できる人間じゃないし、それを言うならぼくも容易に理解できる猫じゃない。ぼくにわかるのは、見た目はタフに見えてもジョナサンがひとりぼっちで怯《おび》えていることだけだ。自分も同じ経験があるから、内にある不安が感じ取れる。

ぼくは首をかしげ、もう一度おなかは空《す》いていないと伝えようとした。ジョナサンを心配しているだけだと。体や頭をこすりつけて慰めていると、こちらを見るジョナサンの瞳に涙があふれそうになって、ぼくの気持ちが伝わったのがわかった。

「なんで心をのぞかれてるような気がするんだろうな」ジョナサンがまた不機嫌につぶやいた。「まあ、ほんとにのぞけたらブラックホールが見えるはずだ。あるいは、なにもないのが。いずれにせよ、明日は仕事に行かないと。退屈な新しい仕事に」ため息をついている。「それでも仕事に違いはない。ここに引きこもってるよりましだ。まあ、いいさ。来いよ。泊まるつもりなら、寝室で寝ていけ」

唖然《あぜん》としているうちに抱きあげられ、二階へ運ばれた。それから寝室の肘掛け椅子にかけたふわふわの毛布の上におろされた。

「どうやら頭がどうかしたらしい。いちばん上等のカシミアの毛布だってのに」ジョナサンがつぶやいた。そしてベッドに入り、あっという間に大きないびきをかきはじめた。

Chapter 16

翌朝はあわただしくて、少しくたびれた。目を覚ますと、ジョナサンが暗いうちからばたばたと新しい仕事に出かける用意をしていたのだ。

ひとりごとを言いながらシャワーを浴びに行ったジョナサンは、濡《ぬ》れたまま腰にタオルを巻いてコーヒーを淹《い》れた。自分はなにも食べなかったが、ぼくのためにミルクを注《つ》いだボウルを床に置いてくれた。それから二階へ駆け戻り、ぱりっとした格好でおりてくると、ぶつぶつ文句を言いながらネクタイと格闘した。ぼくは一緒に家を出て、応援していることを伝えるために通りの先までついていった。悪態をついたり空威張りしたりするのは、不安を隠すためだとわかっていた。

「よし、アルフィー」ジョナサンが言った。「頑張って現実世界復帰の初日に立ち向かってくる。幸運を祈ってくれ」ぼくは脚に体をこすりつけて幸運を祈った。「おい、毛だらけにするなよ」ジョナサンは文句を言ったが、かがんでぼくの頭を撫《な》でてから走り去った。

ぼくを好きなのに、弱いところを見せたくないのだ。

ぼくは短い脚でなんとかついていこうとした。応援していると伝えたかった。ジョナサンがあきれ顔で笑い、スピードを落とした。息切れしながら曲がり角まで行ったけれど、ジョナサンが通りを渡ってしまったのでそこで別れるしかなかった。安心できるエドガー・ロードを離れるような危ないまねはしたくなかった。

走ったせいで少し疲れたまま急いでクレアの家へ戻ると、ちょうどクレアがシャワーから出てくるところだった。

「ああ、帰ってきたのね」クレアがぼくを抱きあげてキスした。「いったいどこにいたの？　心配したのよ」

ぼくは頭をこすりつけて、心配しなくて大丈夫だと伝えた。

「猫がよくやる夜のパトロールでもしてたの？」少しうろたえてはいるけれど、怒ってはいない。「でも、気をつけなくちゃだめよ」

床におろされたぼくは、クレアが出かける用意をするあいだベッド脇の肘掛け椅子に座っていた。人間は不思議な生き物だ。生まれつきシャワーを内蔵している猫と違って体を洗うために奇妙な道具を使い、そのあとタオルと服で体を包む。猫のほうがはるかに簡単だ。常に毛皮をまとい、どこでも好きな場所で体をきれいにできる。厳密には体を洗うのと毛並を整えるのを同時にやっているから、猫のほうがはるかによくできている。それに猫は仕事に行く必要がない。人間が取りつかれたようにかなり長い時間を費やしているものに。

とはいえ、新しい家族に幸せでいてもらうのはひと筋縄ではいかなそうだから、もっと理解を深めたほうがいい。クレアには同情が必要で、ジョナサンには忍耐が必要で、ふたりはどちらもぼくの愛情と助けを必要としている。同時に二十二番地のフラットの住人の関心を引く作業にもとりかかっている。そういえば、あそこがどうなっているか見に行ってみよう。

もはや運動不足を心配する必要がなくなったぼくは、上機嫌で二十二番地へ向かった。今朝も天気がよく、空気にみなぎりはじめたぬくもりがにおいでわかる気がした。暑くなりそうだから、すてきな毛皮をまとったぼくとしては、日当たりはいいけれど暑くも寒くもない場所を見つけなければ。日差しは好きだけれど、熱中症になりたがる猫はいない。心地よい日陰でする昼寝はすごく気持ちがいい。

嬉《うれ》しいことに22Bの玄関があいていて、芝生の狭い前庭でふたりの男の子がボール遊びをしていた。同じ建物に住んでいるのに、22Aのポリーと赤ん坊の姿はない。でも子どもたちの遊びに加わろうとしたとき、泣き声が聞こえた。すさまじい泣き方で、胸が張り裂けそうに悲しかったときのぼくでさえ、あんなに大声で泣き叫びはしなかった。

男の子は体格に差があるもののどちらも小柄で、ひとりは意味不明な言葉でひとりごとを言っていた。するとその子がぼくに気づいて近づいてきた。

「猫」男の子がきっぱり断言し、笑いだした。友だちになろうとして脚に体をこすりつけると、くすぐったそうにした。座ってミニカーで遊んでいる年下の子も笑っている。前に会ったフランチェスカが外に出てきた。

「こんにちは、アルフィー」フランチェスカが言った。男の子が母親になにか話しかけている。「英語でしゃべりなさい、アレクセイ」やさしく諭す様子を見て、改めてぼくは、この家族はどこから来たんだろうと考えた。

「ママ、猫がいる」男の子が言い直すと、フランチェスカが息子に近づいてキスをした。

「おりこうさんね」そう褒めてから、弟のほうを抱きあげた。「食べ物をあげてみる？」

「うん」アレクセイが母親を残して家に駆けこんだ。

「いらっしゃい、アルフィー」フランチェスカが言った。誘ってくれたのと名前を覚えていてくれたことに、ぼくは感動した。発音は聞き取りにくいけれど、いい人だ。やさしくて人柄がよさそうな雰囲気があり、それはジョナサンにはぜったいない資質だった。

弟を抱くフランチェスカと一緒に階段をあがりながら、どうして一軒の家をふたつに分けるのか不思議に思った。わけがわからない。２２Bはまあまあの部屋で、明るくて現代的ではあるが四角形で狭かった。階段をあがると短い廊下になっていて、その先にある居間は柔らかそうな小ぶりのソファふたつがスペースの大半を占め、低い木のテーブルのまわりにおもちゃがちらばっていた。

居間の奥にダイニングテーブルが置かれ、その向こうに狭いキッチンへつづく戸口がある。クレアの家と違い、ちらかっているせいで少しごちゃごちゃしているものの、人間が住んでいる家に見えた。ただジョナサンの家と違ってかなり狭い。

人間とはつくづく不思議な生き物だ。ジョナサンはひとりであんなに大きな家に住んでいるのに、ここでは四人――そのうちふたりはかなり小さいとはいえ――が狭苦しい家に住んでいる。なぜそんなことになるのかわからないけれど、すごく変だ。

フランチェスカが息子たちにかまけているあいだに、家のなかを見てまわった。短い廊下を進むと寝室がふたつあった。ひとつにはベッドと子ども用ベッド、もうひとつにはダブルベッドが置かれていた。寝室の外に真っ白な狭いバスルームがある。

子ども部屋はかなり乱雑で、床一面におもちゃがちらばっていた。ダブルベッドがある寝室はきちんと片づいているけれど、飾り気がない。特別問題がある家ではないが、育ち盛りの子どもがいる家族には狭すぎる気がした。

探検を終えて居間へ戻ると、兄弟が並んでソファに座っていた。弟は湿ったビスケットを握りしめている。

アレクセイがぼくに気づき、嬉しそうに撫でたり顎をくすぐったりしてくれた。いい気持ちだった。友だちや知りあいの猫には子ども好きが多い。アレクセイに小さな手で撫でられたり、やさしい笑顔を向けられたりするうちに、ぼくにもそのわけがわかってきた。

フランチェスカがやってきた。

「ランチのとき、アルフィーにお魚をあげましょう」ぼくの耳がピンと立った。「そのあとは、この子で英語の勉強ができるかもしれないわ。わたしも」フランチェスカが笑った。

「でもまずは名札の番号に電話して、迷子じゃないか確認しないとね」

緊張が走った。でもクレアもジョナサンも名札を交換していないから、書いてあるのはマーガレットの番号だ。ぼくの計画に支障はない。

「ここで暮らせる?」アレクセイが訊《き》いた。

「いいえ。ここはアパートだもの。ペット禁止なの」

ぼくは耳を疑った。立ち入りを禁止される場所があるなんて、思いもしなかった。あんまりだ。

「英語むずかしい」母親がキッチンへ行ってしまうと、アレクセイが悲しそうに話しかけてきた。「前の家、ぼくポーランド語しゃべる。ここに来る前、英語勉強する。でもむずかしい」泣きそうな顔をしている。体をこすりつけると、苦しいほどきつく抱きしめられた。でもしばらくそのままでいて、耐えられなくなるまで我慢した。ここにもぼくを必要としている人間がいる。この人たちは故郷を離れ、おそらくはぼくよりずっと遠い場所まで移動してきたのだ。そして最近備わってきた気がする猫の勘で、悲しみを抱えているのがわかる。

弟のほうがぼくを乱暴に撫ではじめ、物思いが破られた。汚れた手で触られても気にならなかったが、ここを出たらきれいにしようと心に留めた。

幼い子どもとはあまり触れあったことがない。マーガレットと暮らしていたころ、たまにやってくる女の子がいた。楽しい子で、一緒に遊んだり食べ物を分けてもらったりしたけれど、それ以外は子どもに接したことがない。

そのあと放浪生活を送るあいだに出会った複数の猫に、子どものいる家族を見つけろと勧められた。そうすれば友だちができたみたいで楽しいだけでなく、その友だちはぼくに食べ物をくれて愛情を注ぎ、ぼくの世話をして一緒に遊んでくれると言われた。ここにいると、その友だちができつつある気がした。

クレアとジョナサンのことは好きだけれど、欲求すべてが満たされていると言ったら嘘になる。たしかに食べさせてもらっているし、あれこれかまってもらっているが、ひとりぼっちにされる時間もある。通い猫になるために演じたパフォーマンスは、現時点ではちょっと困った状態に発展しそうな気がしないでもないけれど、とりあえずこっちにはそこそこの計画がある。

クレアだけに頼るわけにはいかない。あの家を選んだときはクレアがひとり暮らしとは知らず、少なくとも住人がふたりいればいいと思っていた。ジョナサンの家に入ったときは、まさか気むずかしい男のひとり住まいとは思わず、てっきり家族が住んでいると思っていた。つまり、結局どちらも計画どおりには進んでいない。ここに来たのは、いまも飼い猫の身分が安泰とは言いきれないからだ。どこから見ても理屈に合っている。昼間は二十二番地にいて、それ以外の時間はほかの家で過ごせばいい。きっとうまくいくはずだし、必ずそうしてみせる。

だから仰向けに寝転がってアレクセイにおなかをくすぐってもらい、立ちあがったときは嬉しくてしっぽをピンと立てた。そのあとは、アレクセイに言われるままにソファの下に隠れてそこから飛びかかった。アレクセイと弟のトーマスがなぜ大喜びしているのかわからなかったけれど、ぼくも楽しんだ。そのあと見えない鳥を追いかけるふりをすると、ふたりとも笑い転げていた。

ひとしきり遊んだころ、フランチェスカがやってきてトーマスを抱きあげた。

「電話がつながらないの。番号を変えたあと名札を直さなかったのかしら」不思議そうにしている。「トーマス、お昼寝の時間よ」

フランチェスカが廊下を進み、間もなくひとりで戻ってきた。トーマスがぐずる声が聞こえたが、すぐ静かになった。アレクセイはテーブルで絵を描いていたので、ぼくも隣に座った。これからどうすればいいのかわからなかったけれど、すっかりくつろいでいた。

「さあ、アレクセイ、トーマスがお昼寝してるあいだに英語を勉強しましょう」フランチェスカが言った。

「うん、ママ」

「あなたはいくつ？」ぼくは会話をするふたりを交互に見た。

「六歳。トーマスは二歳」

「よくできました。どこに住んでるの？」

「ロンドン。前はポーランドだけど、遠くなった」アレクセイの表情は少し悲しそうで、フランチェスカの瞳にも暗い翳《かげ》がよぎった。

「いつかおうちに帰りましょうね」

「パパはここがおうちだって」

「そうね、だったらおうちがふたつあるのよ」フランチェスカは努めて明るくしゃべっている。ぼくはいい考えだと伝えたくて、ミャーオと鳴いた。

「猫ちゃん大きな声出した」

「アルフィーっていうのよ」

「アルフィー？」アレクセイが発音を確かめるようにゆっくりくり返した。ぜんぜん知らない外国語を習得するのは、さぞかし大変に違いない。

「そうよ。ちょくちょく遊びに来てくれるかもしれないわ」フランチェスカが問いかけるような視線を送ってきたので、ぼくは首をかしげて返事を伝えようとした——うん、ちょくちょく来るよ。

「ママ、学校好きになれなかったら、どうしよう」アレクセイの大きな茶色い目に涙があふれた。

「きっと好きになるわ。最初は大変かもしれないけれど、あなたなら大丈夫」

「うん」

「みんなで頑張らないとね。パパはこっちでいいお仕事が見つかったし、みんなで頑張れば、きっとなにもかもうまくいくわ」

「パパに会いたい」

「いまはお仕事が忙しいけれど、もうすぐもっと会えるようになるわ。パパはわたしたちのために頑張ってくれてるのよ」

フランチェスカがアレクセイの隣に座った。アレクセイが描いたのは家の絵だった。でもここじゃない。たくさん窓がある変わった家だ。

「ママも前のおうちが恋しいわ」フランチェスカがしんみりつぶやき、息子の髪を撫でた。「でも、このうちもきっと好きになる。力を合わせて頑張りましょう」だれに言い聞かせているのだろう。アレクセイだろうか、それとも自分に？

ぼくは動くことができなかった。親子を見つめているうちに、泣きそうになった。必死で頑張ろうとしているふたりを見ていると、猫だけでなく人間にとっても運命がどれほど過酷で予想外なものになりうるか気づかされた。

出し抜けにフランチェスカが立ちあがった。「さあ、ランチにしましょう。アレクセイ、お手伝いしてくれたら、アルフィーにお魚をあげてもいいわよ」

アレクセイが大喜びで母親とキッチンへ向かった。ぼくもついていき、フランチェスカが冷蔵庫からイワシを出してお皿に置くのを見守った。

すごくおいしかった。ごちそうだ。サーモン、エビと来て、今度はイワシ。間違いない、ぼくは理想的な住処《すみか》になる通りを選んだのだ。

Chapter 17

これまで22Bの構造をよく考えてこなかった。猫ドアはなく、入口はひとつしかない。狭い裏庭があって、隣と共有のその裏庭は建物の脇から出入りする仕組みだ。外に出るには入ってきた玄関まで戻るしかない。でも玄関が閉まっているから、そう簡単にはいかない。方法を突きとめておかないと。でもいまは、とりあえずたらふくイワシを食べて水を飲み、アレクセイと遊ぼう。

アレクセイは少し元気になったようだ。ほとんどのおもちゃは猫向きではないけれど、一緒に小さなボールを追いかけるのが楽しくてたまらないらしい。幼い子どものことがわかってきた。子どもが笑うとこちらも笑顔になるし、楽しそうにしているのを見ると、こちらも楽しくならずにいられない。その反面とても押しが強くて、休ませてもらえないので段々疲れてきた。こんな経験は初めてで、すごく楽しい一方でくたくたになってしまった。

間もなくトーマスが目を覚まして泣きだすと、フランチェスカが居間へ連れてきてソファに腰をおろし、哺乳瓶でミルクをあげはじめた。そろそろクレアやジョナサンの様子を見に行きたいけれど、そのためには帰りたがっているのをわかってもらう必要がある。トーマスがミルクを飲み終えたので、ぼくは大声で鳴いて階段をおり、玄関へ行った。

「ああ、ごめんなさい。外に出たいのね」トーマスを抱いてついてきたフランチェスカが言った。アレクセイもいる。

玄関をあけてもらうと、ぼくは別れの挨拶をするために振り向いた。また来ると目で伝え、楽しんだお礼に喉を鳴らした。アレクセイがかがんで頭にキスしてくれたので、鼻を舐《な》めてやるとくすぐったそうにしていた。これまでしゃべらなかったトーマスが「猫」と叫び、ふたりの笑い声がはじけた。

「初めてしゃべったまともな英語は猫だったって、パパに教えてあげなくちゃ」フランチェスカが言った。「アルフィー、おりこうさんね。あなたのおかげでトーマスが初めて英単語を覚えたわ」フランチェスカの嬉《うれ》しそうな顔を見ると、誇らしかった。

三人が外まで見送ってくれた。日差しはまだ明るく、前庭の芝生がぽかぽか暖かい。共有の門へ歩きだしたとき、22Aの玄関があいてポリーが出てきた。狭い戸口から乳母車を出そうと手こずっている。家のなかで赤ん坊が泣いていた。

「手を貸すわ」フランチェスカがトーマスをおろした。トーマスはすぐにアレクセイのほうへ歩きだした。フランチェスカは、たたんだ状態でもかなりかさばる乳母車を外に出し、すばやくひらいた。

「ありがとう」ポリーが言った。「ここを通すのは大変なの」悲しげにほほえんでいる。「大きすぎるから」

「たしかに大きいわね、わたしはフランチェスカ」フランチェスカが片手を差しだした。

ポリーがおずおずその手を取った。でも触れるか触れないかのうちに放してしまった。

「わたしはポリー。ちょっとごめんなさい……」

ポリーは家のなかに戻り、ヘンリーを抱いて大きなバッグを持ってきた。乳母車におろされたヘンリーがまた大声で泣きだす。

軽く乳母車を揺するポリーの横で、フランチェスカがヘンリーを見つめて頬を撫《な》でた。ポリーの顔に怯《おび》えた表情が浮かんでいる。初めてぼくを見たときと同じだ。きっとフランチェスカもヘンリーを殺すと思っているのだろう。

「いい子ね。坊やのお名前は？」フランチェスカがポリーにほほえみかけた。

「ヘンリーよ。ごめんなさい、保健師さんとの約束に遅れそうなの。近いうちにまた。さよなら」

ポリーが玄関を閉めたが、ぼくはすでにこっそりなかに入っていた。

目覚めたときは、自分がどこにいるかわからなかった。でもそのうち、まだポリーのフラットにいるのがわかってきた。室内を歩きまわってみたけれど、まだだれも帰っていなかった。満腹になったあと遊んで疲れたせいで、大きな灰色のソファで眠ってしまったらしい。

家のなかはここに入ったとき、ひととおり見てまわった。二階のフラットと広さは同じで、二階ほどのんびりくつろげる雰囲気はない。ソファと肘掛け椅子がひとつあるほかに、テーブルがわりの木のトランクと、ヘンリーのものと思われるおもちゃがぶらさがったプレイマットが床に置かれ、壁際に大画面テレビがある。ほかの壁はむきだしだから、絵をひとつも持っていないか、忙しくて飾る暇もないのだろう。

広いほうの寝室には大きなベッドがあり、両側に小さいサイドテーブルが置かれていた。ほかにはこれといった家具はなく、なにもかも真っ白だった。でも狭いほうの寝室は子ども部屋らしくなっていた。明るい色の動物の絵がたくさんあって、ベビーベッドの上にも動物がぶらさげてある。床にはカラフルなラグが敷かれ、柔らかいおもちゃがたくさんある。モノクロの家で、色があるのはここだけの気がした。すごく奇妙だ。まだわかっていないだけで、この家にはきっとなにかあるに違いない。

いま何時だろう。そろそろ帰ったほうがいい。でも出口を探しているうちに、また閉じこめられたことに気づいてパニックになった。だれにも助けてもらえない状況で、どうやって外に出ればいい？　居間の窓が少しでもあいていたら、隙間に体を押しこんで抜けられただろう。でもこの通りに留守のとき窓をあけっぱなしにする住人はいない。

パニックがつのった。もしポリーたちが戻ってこなかったら？　ぼくがここにいるのはだれも知らない。このままここで死んでしまうのか？　長くて危険な旅の果てにあったのは、そんな運命だったのか？　恐怖で心拍数があがるのがわかった。

食べ物も水もなく、永遠にこのまま放置されるのかと思いはじめたとき、玄関があく音がしてマットとポリーと乳母車が入ってきた。やたらと大きな乳母車のせいで、ポリー、マット、乳母車の順番でしか入れない。

「大きすぎて扱いきれないわ」ポリーが泣きそうになっている。

「週末にもっと扱いやすいのを買いに行けばいいさ」ヘンリーが眠っている乳母車を廊下に残し、ふたりはキッチンに入っていった。すぐ玄関を閉められてしまったので外に出る余裕がなかったし、好奇心もそそられたのでぼくもキッチンへ行った。

「いやだ、いつのまに入ったの？」ポリーが動揺を見せた。

「やあ、また会ったな」マットがかがんでぼくを撫でた。「なにか飲むか？」ぼくが舌なめずりすると、マットが笑ってお皿にミルクを注《つ》いでくれた。

「マット、あまりいい顔を見せないほうがいいんじゃない？」ポリーが言った。「いつ来てもかまわないと思われたらいやだわ」

「ミルクをやっただけだよ。それにどうせもう通ってきてるんだから、同じことさ」

「まあ、そうかもしれないけど」納得したようには見えないが、反対もしない。「飼い主はどうするの？」

「ポリー、うちには二回しか来ていないんだし、心配するな。ここを出たらきっと家に帰るよ。それはそうと、保健師さんはどうだった？」

「前の人とは違ったわ。すごくそっけなくて忙しそうで、わたしの話をまともに聞こうともせずにさっさと帰そうとするのよ。早産だったからヘンリーがひ弱な体質だって知ってるのに、耳を貸そうとしないの」

「でもヘンリーはもうすっかり元気になってる。きみもそう思うだろう？」マットがやさしくなだめた。

「気持ちの整理がつかなかったの。だからあなたの仕事が終わるまで、ヘンリーと公園で待ってたのよ。もう、どうすればいいかわからない」

ポリーが美しい顔を曇らせ、ふいに泣きだした。マットもいたたまれない顔をしている。

「いまだけさ、ポリー、きっとよくなる。なんなら仕事仲間の奥さんに会ってみる？　母親が集うサークルを探す手もある」

「そういうことができるかわからないわ。息ができないの、マット、ときどき息ができない気がするのよ」言葉を裏づけるように息遣いがぎこちない。目に涙があふれ、がたがた震えている。その姿を見て、深刻な状況だとわかった。

ポリーはどこかおかしい。ぼくにはそれがわかるのに、マットにはわからないらしい。あるいはわかろうとしないだけかもしれない。なにがポリーを動揺させているのか、具体的な原因はわからないけれど、ヘンリーと関係がある気がした。猫の世界でもそういう話は聞く。出産後、我が子とうまく絆《きずな》を結べない猫もいる。確信はないが、たぶんここでも同じことが起きているのだ。たとえぼくの勘違いだとしても、ポリーに助けが必要なのはわかる。

「急に環境が変わったせいだよ、すぐ落ち着くさ」そのとき、廊下で大きな泣き声があがった。ポリーが時計を見た。

「ミルクの時間だわ」乳母車へ歩きだしたポリーをぼくはあわてて追いかけ、玄関へ向かった。ポリーがぼくを見てから乳母車にかがみこんだ。ぼくは精一杯愛嬌《あいきよう》を振りまいてみたけれど、ポリーの目には入っていないようだった。疲れた顔でヘンリーを抱きあげ、こちらをちらりとも見ずにぼくの鼻先で玄関を閉めた。

なにはともあれ、ようやく外に出られた。

Chapter 18

歩きながら、どちらの家へ先に行くか考えた。何時かわからないしまだ明るいけれど、マットが帰ってきたのなら、クレアもジョナサンも家にいるはずだ。まずジョナサンの様子をチェックしたほうがいいだろう。今朝は少し緊張気味だったし、新しい仕事の初日だった。また手ぶらで行くのは気が引けるけれど、あとでなにかつかまえて初出勤のお祝いを届ければいい。現に、死んだネズミや鳥は絆《きずな》を深めるのに役立ったのだから。

猫ドアから入ると、ジョナサンがキッチンにいた。すべての家に猫ドアをつけるべきだと、つくづく思う。

「よう、アルフィー」ジョナサンが思いのほかやさしく声をかけてきた。

ぼくは喉を鳴らした。

「思っていたほどひどくなかったよ。そんなにくだらない仕事じゃなかったし、なかなかいい会社だった。だからお祝いにスシを買ってきた。猫がコメを食べるかわからなかったから、おまえにはサシミを買ってきたぞ」

サシミがなにかわからなかったが、ジョナサンが茶色い紙袋からトレイをいくつか出すと魚だとわかった。生の魚だ。ジョナサンがお皿にサシミを置き、残りを冷蔵庫にしまった。ぼくは目で問いかけた。

「ぼくはジムに行ってくるよ。帰ってから食べる」ぼくはミャオとお礼を言って、がつがつ食べはじめた。サシミはすごくおいしくて、ぜひまた買ってきてほしいと思った。ジョナサンといると、いろいろおいしいものを食べられそうだ。ある日突然、クレアがくれるような缶詰に切り替えようと思い立ったりしませんように。

「これが当たり前だと思うなよ」ジョナサンが言った。「今日は特別だ」

やっぱりぼくの心を読めるらしい。

食事をしているあいだにジョナサンは着替えてジムへ出かけてしまったので、ぼくは急いでクレアに会いに行った。

クレアは居間でテレビを見ていた。もう悲しい顔はしていない。どうやら気持ちを新たにしたらしい。

「おかえり、アルフィー。どこに行ったんだろうって、気をもみはじめてたのよ」クレアがぼくを撫《な》でまわした。ぼくは嬉《うれ》しくて喉を鳴らした。

クレアとは睦《むつ》まじい助け合いの関係が築けている。いまでもこの家はぼくにとって一番で、それは最初に見つけた家という理由だけでなく、クレアとすぐ強い絆を結べたからでもある。ジョナサンは本音ではぼくに好意を持っている気がするけれど、絆がどの程度のものかはまだわからない。それに二十二番地のフラットはまだ初期段階だ。でもクレアとはもう家族だから、大事にしたいと思っている。

「さてと、着替えてくるわね」どういうことだ？　どこへ行くんだろう？「近所のジムに行くの。そろそろもっと体を大事にしないとね」クレアがにっこりほほえんで階段をあがっていった。

人間が言うジムって、どんなところなんだろう。ジョナサンが行ったところと同じなんだろうか。ふたりが顔を合わせることがないと思いたい。ふたりともぼくを自分の猫だと思っているから、ややこしいことになりかねない。

でもいまはそんな心配をしている場合じゃない。腹ごなしをしたければ、散歩に出かけるしかない。外に出ると、タイガーがいた。

「一緒に散歩に行かない？」

「のんびりするつもりだから、また今度にするわ」

「そんなこと言わずにつきあってよ。ジョナサンのプレゼントを探したいんだ」最終的には、最初につかまえた獲物をあげる約束で口説き落とすことができた。女ってほんとにめんどくさい！

眺めのいい場所を通って近所の公園に向かうあいだに、感じのいい猫や感じの悪い犬に会った。一頭の犬はぼくの倍ぐらいの大きさで、しかもリードをつけていなかった。やかましく吠《ほ》えながらこちらへ走ってきた犬が、鋭い牙をむいてうなった。

ぼくより攻撃的なタイガーはシャーッと威嚇したが、ぼくは相手の敵意をあおりたくなかった。いまでも犬は怖いけれど、危険回避はうまくなっている。だから踵《きびす》を返してタイガーを呼び、全速力で走って近くの木に駆け登った。幸いタイガーも機敏だったから、すぐあとから木に登ってきた。犬は木の根元で激しく吠え立てていたが、間もなく飼い主に引っ張られていった。ぼくたちは乱れた息を整えた。

「もう、だからうちにいようって言ったじゃない」タイガーが文句を言った。

「でも、走っていい運動になっただろう？」

帰りかけたところで、ジョナサンのプレゼントを探しに来たことを思いだした。運よく、通りかかった家のゴミ容器の近くをおいしそうなネズミが二匹うろついていた。おなかが空《す》いていたら、自分で食べたい誘惑に負けていただろう。ぼくはタイガーがぺろりとネズミを一匹平らげるのを見ていた。

ジョナサンの玄関の前にネズミを置いたあと、足の向くままぶらついた。そしてタイガーのうちの庭でしばらくのんびり過ごしてから、クレアの家へ帰った。

帰宅したクレアは血色がよくなって汗でキラキラ輝いていた。とびきりの見栄えとは言えないし、正直言ってにおいもよくなかったけれど、晴れやかな顔をしている。

「アルフィー、もうくたくただわ。でも運動してすっきりした。エンドルフィンのおかげらしいけど、たしかに効果があるみたい」クレアがぼくを抱きあげ、楽しそうに笑いながらくるくるまわった。上機嫌なのがわかったからおとなしくしていたけれど、やっぱり体を洗ったほうがいいと思う。

「シャワーを浴びてくるわ」ぼくはほっとした。そのあいだにぼくも体をきれいにしよう。

Chapter 19

翌朝、クレアと朝食をすませたぼくは、クレアが出かける用意をしているあいだにジョナサンに会いに行った。

毎朝あわただしいけれど、仕事に行く前にふたりのどちらにも顔を見せておきたいので、急いで食事を終えると髭《ひげ》をきれいにする間も惜しんで別宅へ向かうようにしている。クレアとジョナサンの両方にしっかり気を配らないと。ふたりにはぼくを自分の猫だと思わせたい。

猫ドアをくぐると、ちょうどジョナサンが出かけるところだった。

「ああ、どこに行ったのかと思ってたよ。プレゼントをどうも。でももういらないからな。これは本気だぞ。通りのネズミを退治してもらって喜ぶやつも大勢いるだろうが、できれば行き着く先がうちの玄関マットじゃないと助かる」

口では文句を言っているが、内心では——おそらく心の奥底では——プレゼントを喜んでいるはずだ。その証拠に、もうぼくを放りださない。マーガレットはよく友だちに花を贈っていたが、猫のぼくに人間みたいなプレゼントはできないから、できる限りのことをやっている。たぶんジョナサンも本当はわかっていると思う。ぼくはジョナサンに向かって唇を舐《な》め、ミャオと鳴いた。

「ゆうべの残りをボウルによそっておいた。これから仕事に行くから、帰ったときまた会おう。できればな」ジョナサンがかがんで顎の下を撫《な》でてくれた。気持ちがよくて盛大に喉を鳴らすと、ジョナサンは嬉《うれ》しそうにほほえんで出かけていった。

ぼくは食事もそっちのけで改めてしっかり身づくろいをしてから、二十二番地へ向かった。今日は閉じこめられないように気をつけよう。せっかくここに戻ってくればおいしい食事が待っているのに、無駄にしたくない。

ついていた。まだ早いのに、前庭にフランチェスカと息子たちが出ていた。一緒に男の人もいる。どうやら出かけるところらしい。

「アルフィー」アレクセイが歓声をあげて駆けてきた。ぼくは仰向けに転がっておなかを撫でてもらった。

「お気に入りみたいだな」男性が言った。

「ええ、アルフィーに夢中なの」

「じゃあ、行ってくるよ、コハニェ。なるべくディナータイムの前に戻ってくる」

「愛してるわ。勤務時間がこんなに長くなければいいのに」

「まあね、でもレストランっていうのはそういうものさ。長時間勤務に、たっぷりの食べ物」男性が笑っておなかを叩《たた》いた。

「故郷が懐かしいわ、トーマス」

「ああ、でもきっとうまくいくさ」

「本当にそう思う?」

「もちろん。でもとりあえず金を稼ぎに行ってくるよ、コハニェ」

「英語では〝ダーリン〟よ」

「それじゃピンとこない。きみはぼくのコハニェだ。ダーリンじゃなく」トーマスが笑い、妻と息子たちにキスして出かけていった。

それからフランチェスカは疲れた顔で玄関前の階段に腰かけ、遊んでいる子どもたちを見つめた。ぼくは隣に腰をおろした。

「少なくともお天気はいいわね。イギリスに来る前は、毎日雨だった気がするわ」ぼくはフランチェスカにぴったり寄り添った。そうやって少しのあいだ、気まずさのない沈黙のなかで過ごした。アレクセイが弟を笑わせる姿がほほえましくて心がなごんだ。でもそこには悲しみも漂っていた。ぼくが選んだ四軒の家――クレアの家、ジョナサンの家、ポリーの家、それからここ――には、それぞれかたちは違うけれど共通点がひとつある。寂しさだ。そして、それがあるから引きつけられる気がする。この人たちにはぼくの愛とやさしさが必要なのだ。ぼくの励ましと思いやりが。日を追うごとにその確信が強まっている。

隣りあったふたつの玄関に目を向けたとき、目の前に答えがあることに気づいた。フランチェスカには友だちが必要で、それはポリーも同じだ。現に、クレアはターシャに会ってからすごく元気になっている。単純な話だ。あとはどうやるか考えればいい。

フランチェスカが立ちあがり、子どもたちを呼んだ。

「いらっしゃい、お靴を履いて公園に行きましょう」

三人で家のなかに戻っていく。ぼくは自分になにができるか考えた。急がないと。そこで、ポリーの玄関を引っかいてミャオと鳴いた。大声で、声を限りに鳴きつづけた。早く気づいてもらえないと喉がつぶれそうだった。

ようやくドアがあき、ポリーがぼくを見て驚いた顔をした。

「どうしたの？」心配そうに訊《き》いてくる。ぼくは鳴きつづけた。ポリーが腰をかがめた。

「怪我《けが》をしたの？」

ぼくはフランチェスカが早く来てくれるように祈りながらひたすら鳴きつづけた。ポリーは明らかに戸惑っていて、困らせているのは少し気が咎《とが》めたけれど、大義のためならしかたない。

「ああ、もう……どうすればいいの？　お願いだから鳴きやんで」追い詰められた様子を見ると鳴きやみたくなったけれど、やめるわけにはいかなかった。

力尽きそうになったとき、隣の玄関があいてフランチェスカと子どもたちが出てきた。

「なんの騒ぎ？」

「この子がどうかしたみたいなの」ポリーが答える。

ぼくは鳴きやんだ。横になって息を整える必要があった。アレクセイが駆け寄ってきて撫でてくれたので、感謝をこめて体をこすりつけた。

「もう大丈夫そうじゃない？」半信半疑の面持ちでフランチェスカが言った。

「でもひどい鳴き方だったわ。苦しそうだった」ぼくは〝ありがとう〟と言いたかった。どうやら俳優並みの演技だったらしい。「あなたの猫なの？」ポリーが尋ねる。

「いいえ、通ってくるだけ。名札の番号に電話してみたけれど、つながらないの」

「猫なんて迷惑だわ。ただでさえ手いっぱいなのに」そうつぶやくなり、ポリーがいきなり泣きだした。するとのなかでも泣き声があがった。「大変、ヘンリーが乳母車で寝てるの。いえ、寝てたの」家のなかに戻ったポリーが大きな乳母車を外に出そうとして手こずっているのを見て、フランチェスカが手を貸した。ふたりとも外に出ると、ポリーがまた泣きだした。

「さあ、ちょっと座って」フランチェスカが玄関前の階段にポリーを座らせた。「アレクセイ、乳母車をやさしく揺すってあげて」アレクセイが言われたとおりにすると、赤ん坊はすぐ泣きやんだ。

「ママ、静かになったよ」嬉しそうなアレクセイの言葉に、ポリーもつい笑顔になっている。

「ごめんなさい」

「眠れないの？」フランチェスカが訊いた。

「ええ、ぜんぜん。この子……ヘンリーが寝てくれないの。ひと晩じゅうずっと。お昼寝を少しするだけで、また泣きだすの。泣いてばかり」

「ポリー、よね？」ポリーがうなずいた。「大丈夫、よくわかるわ。わたしも子どもがふたりいるの。アレクセイもぜんぜん寝なかった。トーマスはまし」

「ご出身はどちら？」

「ポーランド」

「わたしたちはマンチェスターから来たの」フランチェスカがきょとんとした。「北部の街よ。夫のマットがこっちで仕事を見つけて、断るのはもったいない条件だと言ったの。たしかにいい仕事だけど、マンチェスターが恋しいわ」

「わたしも。夫も同じよ。夫はシェフで、ロンドンのとてもいいレストランで仕事を見つけたの。家族の暮らしをよくするため、それはわかってる。でも怖くて寂しい」

「ええ、すごく寂しい。こっちへ来てまだ一週間なのに、マットは仕事でずっといないの。ヘンリーを公園に連れていって、それから保健師にも会ったけれど、前の人とは似ても似つかなかった。ほかにはだれとも会ってないの」

「保健師？」

「ああ、イギリスでは赤ちゃんが生まれると、相談に乗ってくれる人がいるのよ。マンチェスターで会った人はみんな親切だったのに、こっちの人はまともに相手をしてくれなかった。すごく忙しそうで、ヘンリーが寝てくれないと言っても、眠らない赤ちゃんもいると言われただけだったわ」

「それはたぶん本当よ。でもあまり参考になるアドバイスじゃないわね。アレクセイはぜんぜん寝なかった。でもそのうちおなかが空《す》いてるだけとわかったの。この子はしょっちゅうミルクをほしがった。だから赤ちゃん用のナイトタイムミルクを買ったら、それを飲んで寝るようになったわ」

「ヘンリーもいつもおなかを空かせているけど、一歳になるまで粉ミルクはあげたくないの。おっぱいだけにしたい」

「それはなに？」

「ああ、母乳のことよ」

「あら、わたしもよ。でも頭が——英語でなんて言うのかしら——おもしろくなりそうだった」

「頭がおかしくなりそう、ね。そう、まさにそんな感じ」

「子どもにとっていちばん大事なのは、きちんと面倒を見られる親でいることだと、ある人に言われたの。そのためには睡眠が必要なの。だからアレクセイには昼間は母乳をあげて、夜はナイトタイムミルクをあげたわ」

　ぼくはふたりの会話にじっと耳を傾けていた。ふたりとも、それぞれの理由で気弱になっている。フランチェスカは知りあいがひとりもいない外国に来たせいで、同じく引っ越してきたポリーは眠れないせいで。友情が生まれつつあるのを感じ、自分で言うのもおこがましいけれど、ぼくがその立役者のような気がした。たとえそのためにポリーに死ぬほど怖い思いをさせたとしても。

このふたりなら――どちらにも息子がいて、どちらも寂しくて、どちらも途方に暮れているこのふたりなら、きっと理想的な友だちになれる。ぼくはそろそろ存在を思いだしてもらおうと、ミャオと鳴いた。

「ああ、アルフィー。まだいたの」フランチェスカが言った。

ポリーがおずおずぼくを撫でた。手つきがぎこちない。「このあいだ、うちにも来たのよ。猫は赤ちゃんを殺すことがあるって聞いたことがあったから、怖かった」ぼくは改めてひるんだ。人殺しだと思ってることをほかの人に話してほしくない。

「そんな話は聞いたことがないわ。わたしは猫が好き。それにこの子はとっても頭がいいのよ」

「なぜわかるの？」

「わたしたちを引きあわせてくれたじゃない？　ねえ、みんなで赤ちゃんのミルクを買いに行きましょうよ。そのあと公園へ行けば、ヘンリーも寝てくれるかもしれないわ」

「まあ、ありがとう。助かるわ。女友だちがほしかったの。それに、あなたが言うとおり、粉ミルクを試してみるわ。だめでもともとだもの」

「わたしも友だちがほしいわ。息子たちはかわいいけれど、大人が必要なの。英語がへたでごめんなさい」

「そんなことないわ、とても上手よ。わたしなんか英語以外話せないもの」ふたりの会話を聞くうちに、友情がたしかなものになったのがわかった。

ぼくは出かける用意をするみんなを見守っていた。トーマスは抵抗しつつもベビーカーに乗せられ、アレクセイがその横を歩き、ポリーは大きな乳母車を押して、ヘンリーはまだ泣いていない。ポリーはとても背が高く、細身でブロンドで、フランチェスカは小柄でいわゆるがっしりした体格だ。太ってはいないが、ポリーはぼくが少し強めに体をこすりつけたら倒れてしまいそうなのに対し、フランチェスカは嵐が来てもびくともしそうにない。でもショートカットにしたきらめく黒髪と、笑うとぱっと明るくなる茶色い瞳が魅力的だ。こんなにすてきな笑顔には、そうそう出合えない。

みんなが門のところで足を止め、またねと声をかけてきた。アレクセイにまたすぐ来るかと訊かれたので、喉を鳴らした。必ずまたかわいいアレクセイと遊びに来るつもりだった。きっと友だちになれるだろう。

通りを並んで歩いていくふたりの女性は、どこから見ても正反対だった――ブロンドと黒髪、長身と小柄。でもぜったい相性がいいはずで、図らずもふたりの仲を取り持ったのはぼくなのだ。自慢する気はないけれど、我ながらよくやったと思う。

ふたりの身の上話を聞いたいまは、もっと一緒にいてあげたくなった。みんなで前庭の芝生でくつろぐところを想像するとわくわくする。飽きずにいつまでもそうしていられそうだ。それに男の子には猫が必要だから、アレクセイとトーマスとはもっと仲良くなれるだろう。

いろいろな意味で、今日はいい日だった。友情が始まり、ひょっとしたらそれが思わぬ未来につながるかもしれない。

Chapter 20

通い猫は根性なしでは務まらない。

数週間、ぼくは四軒の家を切り盛りするので大忙しだった。家族を四つ持つのは当初思ったほど楽ではなかった。見返りはあるけれどなかなか大変だ。スケジュールを決めようにも、ひと筋縄ではいかなかった。

クレアは日を追うごとに落ち着いてきて、立ち直りつつあるのがわかった。ぼくも同じ経験をしたから、気持ちの変化を感じ取れた。

もちろん、百パーセント立ち直ることはない。これからも立ち直ったところと傷ついたままのところがあるだろうけど、それもいずれ自分の一部になって慣れてしまう。少なくともぼくはそう思っている。なぜならそれが自分の実感だからだ。それでもクレアが笑顔で元気にしているのが嬉《うれ》しかった。少し体重も増え、もう痩せっぽちには見えない。頬の血色がよくなって、日に日にきれいになっている。

ジョナサンの家には何人も女性がやってきた。以前ほど頻繁ではないものの、多いことに変わりはない気がする。でも仕事をするようになってから不規則な生活をつつしみ、夜は早く寝るし夕方は仕事をするかジムへ行くかしている。見た目もよくなって、もともとかなりハンサムだったのが、あまりしかめっ面をしなくなったせいでさらにハンサムになった。

いまのところ、夜はクレアとジョナサンの家の両方で過ごしている。とりあえずふたりとも現状に満足しているようだ。たいていクレアのほうが帰宅が早いので、一緒に夕食を食べ、そのあとはのんびり過ごす。読書をしたりテレビを見たり、ワインを飲みながら電話でおしゃべりしたりするクレアにしばらく寄り添い、それからジョナサンの家へ行く。仕事から戻るジョナサンを出迎えるためだ。

でもジョナサンは仕事で遅くなることがよくあって、それだとつまらないので新しい夜の過ごし方を見つけている。長い散歩をすることもあるし、運動することもある。余分な食事のせいで体重が増えてしまったけれど、数軒先の赤トラ猫ほど太ってはいない。あの猫ときたらほとんど動けず、あれではどんなネズミにも簡単に出し抜かれてしまうだろう。

タイガーを誘って近所の猫たちに会いに行くこともある。最初は意地悪だった猫も近ごろはぼくに慣れてきたらしい。友好を結んだあとは、どこで寝るか考える。クレアの家とジョナサンの家で交互に寝ているけれど、厄介なことにどうやらふたりとも朝一番にぼくに会うのを楽しみにしているようなのだ。クレアの家で寝たときは、一緒に起きてから大急ぎでジョナサンが会社に行かないうちに会いに行き、逆の場合も同じことをする。へとへとになることもあるけれど、なんとかやりくりしている。それでもふたりをがっかりさせないようにするのはけっこう大変で、かなり手間のかかる日々を送っている。

日中、クレアとジョナサンが仕事で留守のあいだは二十二番地のフラットへ行けるのでちょうどいい。玄関の前で鳴くと、フランチェスカかアレクセイがなかに入れてくれる。魚――たいていイワシ――をくれるし、なによりアレクセイと遊ぶのが楽しい。最近は仰向けに寝転がっておなかを撫《な》でてもらうのが気に入っている。ここはおおむね幸せな家庭と言える。

とはいえときどき、トーマスがお昼寝中でアレクセイがひとりで遊んでいるとき、フランチェスカがキッチンのカウンターにもたれて遠い目をしていることがある。まだ故郷が恋しいのだ。家族のなかでは飛び抜けて立ち直りが早いから、ふだんはそれを表に出さず、家のなかを笑いであふれさせている。でも、体はここにあっても心はポーランドにあると感じることがよくある。野良猫暮らしをしていたとき、マーガレットやアグネスがどこにいるのかわからなくても、頭と心は一緒にいたのと同じだ。

週末にフランチェスカのフラットへ行ったこともある。クレアはターシャと出かけ、ジョナサンは友だちと〝ブランチ〟とやらをしに行ったからだ。フランチェスカのフラットへ行くと、夫の大きいほうのトーマスがなかに入れてくれた。いつものようにみんなに歓迎され、大きいトーマスにはとてもいい印象を持った。彼はフランチェスカがたっぷりとランチをつくっているあいだ、息子たちと遊んでいた。妻にも息子たちにもとてもやさしく、たとえたまに人生の厳しさを感じることがあってもフランチェスカが愛に包まれているのがわかった。それにふさわしい人だから、安心した。愛情に満ちた温かい家庭を見ていると、つい口元がほころんで髭《ひげ》がむずむずした。

ポリーと赤ん坊のヘンリーがフランチェスカたちと一緒にいることもあった。夏だから、よくみんなで前庭の芝生に出ていた。ブランケットに座る子どもたちの横で、一緒にコーヒーを飲んでいた。まあ、ヘンリーは寝転がっていたけれど以前ほど泣かなくなったし、年上の男の子がそばにいると落ち着くようだった。アレクセイが振るガラガラで楽しそうに笑うこともあった。ただポリーはまだかなりピリピリしていて、めったに笑顔を見せなかった。その様子には、見るものを不安にさせるなにかがあった。

見た目が違うだけでなく、ふたりは母親としてもかけ離れていた。フランチェスカは落ち着いて息子たちに接し、アレクセイたちも楽しそうにしている。ポリーは神経を張り詰めていて、壊れ物のようにヘンリーを抱いている。ミルクのやり方までぎこちなく、かつてのクレア並みに泣いてばかりの印象がある。フランチェスカは情緒不安定なのは疲れているせいだとしきりに言っているけれど、ぼくは本当にそうなのか疑問を持っていた。粉ミルクをあげるようになってから、どうやらヘンリーは寝る時間が延びているらしい。たとえ長時間寝なくても以前とは違うはずなのに、どうしてポリーは元気にならないのだろう？

フランチェスカは折に触れてポリーを自分のうちに招いて子どもたちに食事をさせ、ヘンリーに離乳食をやろうとした。ヘンリーはむしろ楽しそうだった。あまり泣かず、にこにこして声を出して笑っているのに、ポリーがそれに気づいているのか、いぶかることがしばしばだった。ポリーはすっかり沈みこみ、周囲でなにが起きているか半分もわかっていないようだった。

ぼくはほかのだれよりもポリーが心配だったけれど、家を訪ねるのは控えていた。それだけはやめたほうがいい気がした。ポリーはぼくを見て見ぬふりをしているし、まだ疑心暗鬼でいる。それでもどの家族よりぼくを必要としている気がしてならなかった。ただ、その理由がわからなかった。

ぼくは多くの点でマーガレットとはまったく異なる人間たちを観察した。はるかに若くて皺《しわ》も少なくて、それ以外にも違うところがたくさんある。クレアはきれいになり、初めて会ったころの髪がぼさぼさで泣いてばかりいる痩せ細った女性の面影はないに等しい。ぼくたちだけになったとき悲しそうにしていることはたまにあるものの、それもどんどん減っている。ジョナサンのことはまだよくわからないけれど、やはり前より幸せそうだ。原因は仕事だけでなく、職場でできた新しい友だちにもあるのだろう。髪がつややかでおっぱいの大きな女性たちだけが原因じゃない。それでもまだあまりにも孤独な気がする。あのがらんとした大きな家に来るのは女性たちだけだ。クレアのように多少は出かけるけれど、いまだになにかを失ってしまったような顔をしていることがある。アグネスが死んだあと、目覚めたときのぼくもあんな感じだった。毎朝目を覚ますたびにアグネスを探し、それからやっとなにが起きたか思いだした。ジョナサンもだれかを探しているのかもしれない。

マーガレットにいちばん似ているのはフランチェスカだ。しっかり者で分別があり、たしかに郷愁には駆られているもののいちばん落ち着いている。ポリーは正反対だ。頼りなくて、いまにも壊れてしまいそうだ。すでに壊れてしまってるんじゃないかと思うことさえある。

それぞれがそれぞれのかたちでぼくを必要としていて、ぼくは毎日そばで支えて力になろうと決意を固めずにいられなかった。苦境を乗り越えたぼくが、今度はみんなが苦境を乗り越えられるように力になるのだ。

問題は毎日忙しくて、同時に四箇所にいられないことだった。でもやり遂げたければ、やるしかない。

「なかなか大変だよ」ぼくはタイガーにこぼした。

「四つも家があればとうぜんよ。四組の人間を満足させるなんて」タイガーが身震いした。「わたしは一軒でじゅうぶんだわ。まあ、気持ちはわかるけど」

「もうひとりぼっちになりたくないんだ。なにがあっても面倒を見てくれる相手がいるようにしておきたいんだよ」

「わかるわ。それにどうせたいていの猫は、忠誠心なんてたいしたものじゃないと思ってるし」

「ぼくは忠誠を尽くしてるよ、四つの家族だけに。薄く広く行き渡らせる方法を身につけないと」

「アルフィー、大げさな言い方はやめて。わたしの飼い主は夫婦で子どもはいないけど、もし状況が変わったら……まったく、あなたに会うまで、考えたこともなかったわ」

「ぼくと同じ目に遭わないように祈ってるよ。でもたとえそうなっても、ぼくが面倒を見てあげるから大丈夫さ」

「ありがとう、アルフィー、あなたはいい友だちね」

「猫だろうと人間だろうと、ぼくみたいな思いはしてほしくないんだ。思いやりがどれほど大事か思い知らされた。なにもないときの思いやりのありがたみは身に染みてる。運よくぼくは旅の途中や四軒の家で何度も親切にしてもらったけど、苦難を乗り越えるためにいちばん肝心なのは思いやりなんだ。だれにとっても」

「あなたがひとりぼっちになることは二度とないわ」タイガーがやさしく諭した。

だれもいなければ思いやりも得られない。それがぼくの教訓だ。マーガレットが死んだあともこうして無事でいるのは、人間だけでなくほかの猫にも親切にしてもらっているおかげだ。

運命とはつくづく不思議なものだと思う。アグネスやマーガレットのところへ行きたいと願う一方で、耐え抜いてこの先も生きていきたいと思う自分もいて、なぜそうなるのかわからなかった。

Chapter 21

ぼくはクレアの居間のソファで眠っていた。ここで寝てはいけないと言われているわけではないけれど、猫ベッドを使うようにやんわり促されている。でもここは窓から差しこむ西日でぽかぽか暖かいので、どうにも我慢できなかったのだ。大変な午後を過ごしたあとだけに、こうせずにはいられなかった。

フランチェスカの家から戻ったときは、おなかが空《す》いていた。何時間もアレクセイと遊んだのに、イワシも飲み物ももらえなかったのだ。フランチェスカは珍しくふさぎこみ、心ここにあらずといった感じで、ふたりだけの時間を持とうとしても気づきもしないようだった。無視されたのが少しショックだった。みんな悩みを抱えているのはわかっているけれど、だからと言って無視していいことにはならない。そもそもぼくがいるのは、みんなが悩んでいるとき力になるためなのだ。

ポリーとヘンリーの気配もなく、ふたりはちょうどぼくが帰ろうとしたとき、マットと帰ってきた。マットが乳母車を押し、ポリーは幾分落ち着いて見えたけれど、ふたりとも会話に夢中でぼくが目に入っていなかった。自分が二十二番地の大人には見えない存在になった気がした。

しかも、それは始まりに過ぎなかった。夕方になると事態はさらに悪化した。クレアは出かける支度を始め、キャットフードとミルクは用意してくれたが、ぼくに話しかけることもかわいがってくれることもなかった。浮き浮きして、おしゃれするのに夢中だった。すてきな黒いドレスを着こみ、玄関でハイヒールを履いた。仕事に行くときも履いたことがないほどヒールの高い靴だ。髪のセットにもたっぷり時間をかけ、顔にはあれこれたっぷりつけていた。

終わったときは、ぼくが知っているクレアとは別人に見えた。

「アルフィー、お友だちと出かけてくるから、起きて待っていなくていいわ」にっこりほほえんだが、ぼくを抱きあげも撫《な》でもしなかった。きっと服に猫の毛をつけられるのがいやだったんだろう。そんなことしないのに！　ちょっと傷つきはしたけれど、それは身勝手というものだ。クレアには笑顔でいてほしいんだから、喜ぶべきだ。でも喉を鳴らすことも髭《ひげ》を立たせることもせずにクレアを見送った。かなり落ちこんでいた。

退屈だし少し寂しくもあったので、ジョナサンの家へ行ってみたが、姿がなかった。まだ仕事から戻っていないらしく、ぼくの食事も用意されていなかった。朝、空にした食器がそのままの状態で床に放置されていた。おなかが空いているわけではないけれど、食べ物がないだけでなく関心を向けてもらえないことに、なんだかがっかりした。

猫は常に気を引き締めていなければいけないのだと、つくづく思い知らされた。もう野良猫ではないからって、なにひとつ当たり前と思ってはいけないのだ。人間は決して信頼できる頼れる相手とは言えない。大げさに言うつもりはないし、みんなにはいまも面倒を見てもらっているけれど、もっと自立して、あまり傷つかないようにならないといけない。そもそもしばらく野良猫をしていたんだから、やわな猫に逆戻りするはずがない。

でも逆戻りしていた。それにちょっと見捨てられた気分だった。散歩に出かけてみたもののほかの猫と世間話をする気になれず、タイガーとも話したくなかった。自分が情けなかった。

ジョナサンが一度も使ったことがない部屋まで家のなかを歩きまわってみたけれど、たいしておもしろくなかった。ジョナサンのプレゼントを取りに行くことも考えたが、そんな気になれなかった。ほったらかしにされているのに、お礼をすることはない。うら悲しい気分でクレアの家へ戻ったぼくは、ソファの日が当たる場所で眠りについた。

玄関の鍵をあける音と笑い声で目が覚めた。外を見ると、真っ暗になっていた。

クレアが居間に入ってきた。初めて見る男性に支えられている。とっさに立ちあがってしっぽをピンと立て、助けに行こうとしたとき、明かりがついた。

「ああ、アルフィー。ここにいたの。いい子ね」ろれつのまわらないおかしな口調で話しかけてくるクレアから、ぼくはあわてて逃げた。酔っているのはわかった。通りで会った酔っ払いほどひどくはなくても、明らかに共通点がある。おとなしく抱きあげられていたら、落とされていただろう。

「さてと、クレア。無事に帰ってきたことだし、ぼくは失礼しようかな」男性がどうしたものか迷っているように、そわそわした。

「だぁめよぉ、ジョー。コーヒーを飲んでいって」クレアがどっと笑い声をあげた。まるでこんなおかしなことを言うのは初めてみたいに。ぼくにはどこがおもしろいのかわからなかった。

「ありがとう、でも失礼するよ。お礼なら明日の朝言ってくれ」男性はかなりハンサムだが、髪の色は通りの先に住む太った赤トラと同じだ。

クレアが男性に抱きつき、ふたりでうしろ向きにソファに倒れこんだ。ぼくはぎりぎりのところで逃げたので押しつぶされずにすんだ。クレアはまたくすくす笑っているが、ジョーは逃れようと軽く抵抗している。

「クレア、ちょっと飲みすぎだ」ジョーの声は少しいらだっていた。ちょっとどころじゃない気がする。「やっぱり帰るよ。でも必ず連絡する」

「帰らないで」

クレアがろれつのまわらない声で訴えたが、ジョーは起きあがってクレアの頬にキスして帰っていった。

「ああ、まただめだった」玄関が閉まったとたん、クレアが泣きだした。以前のようにすすり泣く姿は、見ていて不安になるほどだった。そしてベッドに行こうともせず、ソファで丸くなっていびきをかきだした。

こういうクレアの姿を見るのは初めてではないけれど、どうしていいかわからなかったし、実際できることはなにもなかった。だからクレアに寄り添って丸くなり、一緒にいびきをかくことにした。

翌朝、ソファで目を覚ましたクレアはひどい状態だった。

「いやだ」クレアが髪をつかんだ。「わたし、なにをしちゃったの?」ぼくを見た。「アルフィー、ごめんなさい。大丈夫?」起きあがろうとして、それから「頭が割れそう」とつぶやき、ばたんとソファに倒れこんだ。「ああ、もう最悪」頭を抱えてうめいている。ぼくはおなかが空いていることを伝えようと鳴きはじめた。

「ああ、アルフィー、ちょっと静かにして、霧笛みたいに響くわ」霧笛がなにかわからなかったので、ぼくは鳴きつづけた。それにクレアがこんなふうになった理由もわからなかった。酔っ払ったのが原因なら、どうして人間は酔っ払ったりするんだろう？

そのうちクレアが改めて体を起こし、キッチンへ行った。グラスに水を注《つ》いで飲み、もう一杯注いで飲み干した。ぼくのために冷蔵庫からツナを出してくれたが、お皿によそったとき顔が変な色になった。

「ああ、気持ち悪い」床に置くやいなや、あわてて走っていく。朝食を食べながら、ぼくはどうしたものか悩んだ。クレアはひどいありさまだから、今日が休日なのはラッキーだったんだろう。戻ってきたクレアの青い顔には、ところどころ昨夜のお化粧が残っていた。においもひどかったけれど――通りで会った酔っ払いほどではないが――猫の嗅覚が鋭いだけだと思って我慢した。

「アルフィー、ゆうべあの人……ジョーがここに来た？」ぼくはミャオと鳴いてイエスの意味だと捉えてくれるように願った。「覚えてないの。ああ、きっと嫌われたわ。愛想を尽かされたに決まってる、すごくいい人だったのに。わたしったら、いい歳《とし》してなにをやってるのかしら。穴があったら入りたい」ぼくは大声で鳴いた。クレアを失うのだけは避けたかった。

「本当に入りはしないわ」ぼくの心を読んだようにクレアが言った。「ごめんね、アルフィー。でも、今日は一日ベッドで過ごすわ」クレアが居間を出ていった。ぼくは切ない気持ちでクレアを見送った。人間はなんてややこしい生き物なんだろう。完全に理解できる日は来ない気がする。

今日のクレアといても楽しいことはなさそうなので、ジョナサンの家へ行ってみると、まだ帰っていなかった。一旦帰宅してから早い時間に出かけたのかもしれないと思ったけれど、ぼくの食器が床に放置されたままになっていた。どうやらぼくの食事のことなどまったく頭にないらしい。心配したほうがいいのかと、ちらりと思ったが、そんな必要はないと思い直した。ぼくに自分の面倒を見られるなら、ジョナサンにもできるはずだ。でも朝仕事に出かけたままなのが気に入らなかった。なによりも、ぼくのことを忘れているのが気に入らない。思いだしていたら、二度も食事を抜くような目には遭わせなかったはずだ。この怒りをどうやって伝えたものか。

ジョナサンには見切りをつけて出ていこう。こんな仕打ちをされたらプレゼントをする理由もないし、同じように見捨ててやれば、どんな気持ちか思い知らせてやれる。出ていこうとしたとき、玄関をあける音がしてジョナサンが帰ってきた。仕事に行く服装をしているが、元気いっぱいに見える。クレアとは似ても似つかない。

「アルフィー、悪かったな」ジョナサンがぼくを撫で、見たことがないほどやさしくほほえみかけてきた。「腹ペコじゃないといいんだが」こんなに長く留守にするつもりじゃなかったんだ」ぼくは怒った声で鳴いた。まだ許していないし、放っておかれたのが心外だった。どうせジョナサンは、ぼくが食事をすませたことを知らない。

「なあ、アルフィー、世慣れたおまえならわかるだろ。ついてるときがどんなものか」ジョナサンがウィンクした。ぼくは目を細めてジョナサンをにらんだ。ついてるときのことなんか知るはずがないし、ぼくはそんな猫じゃない。ジョナサンが笑った。

「おめでたいやつだったら、非難されてると思っただろうな」また笑っている。携帯電話の通知音が鳴った。ジョナサンが画面を見てにんまりしている。ゆうべのクレアのようにまだ酔っているのかもしれない。いつもと様子が違い、明らかに楽しそうだが、ちょっと頭のネジがはずれた感じだ。「悪い悪い、腹が減ってるに決まってるよな。なにか用意してやる」怪訝《けげん》そうな顔で空の食器を拾いあげ、エビをよそってくれた。たしかにエビは大好物だ。でも簡単に懐柔されるつもりはない。

エビを食べているあいだ、ジョナサンはずっと携帯電話をいじっていた。なにか打ちこみ、通知音が鳴るとにんまりしてまたなにか打ちこんでいる。それがすごく癇《かん》に障った。

いまは静かに食事をしたい気分なのに。

「アルフィー」やがてジョナサンが口を開いた。「ゆうべ一緒だった彼女は、なかなかよかったんだ。知りあったのはずいぶん前だが、あまり親しくしていなかった。でも先週再会してね。とにかく、魅力的で、おもしろくて頭がよくて、まともな仕事をしてる。ちょっとほれちゃったかもしれない」ぼくは敢《あ》えてジョナサンを無視してひたすらエビを食べつづけた。

「おい、いつまですねてるつもりだ？　一緒に喜んでくれたっていいだろ？」それでジョナサンを許すことになるなら、そんなことをする気はないと言ってやりたくて毛がむずむずした。もうジョナサンが落ちこんでいないのなら心の底から喜べるけれど、まだそれを教えてやるつもりもない。「まったく、これだから猫を飼いたくなかったんだ。ぼくは自由で気楽でいたいし、外泊したければする。おまえがひと晩じゅう帰ってこなくても気にしない。ぼくは子どもじゃないんだ、アルフィー」ぼくはまだ振り向かなかった。「おい、アルフィー、慣れてもらうしかない。今度出かけたときは、ここに彼女を連れてくるよ」ぼくは振り向いたが、笑顔は見せなかった。「そもそもなんで猫に謝ってるんだ？」ジョナサンが困惑の表情を浮かべた。

ぼくはジョナサンをにらみつけ、猫ドアから外へ出た。でも外に出るなり雨が降っていることに気づいた。あまりに腹が立って天気のことまで頭がまわらなかったけれど、困ったことになった。クレアは眠っているしジョナサンはクソ野郎だから濡《ぬ》れるしかなく、濡れるのは大嫌いだった。しかたがないのでそのまま二十二番地へ向かった。

　クレアにもジョナサンにも不満を覚えていた。マーガレットはあんなふざけたまねは一度もしなかった。いまこそフランチェスカとポリーにもっと魅力を振りまくときだと思った。あのふたりのほうが頼りになるかもしれない。

　幸い、運に恵まれた。乳母車を押して玄関を入ろうとしていたポリーの夫のマットが、家に入れてくれた。

「やあ、アルフィー」声をかけられ、ぼくはすっかり機嫌がよくなった。それにこれで濡れずにすむ。マットが靴を脱ぎ、玄関を入ったところに乳母車を置いた。ぼくは喉を鳴らした。

「しいっ」マットが声をひそめた。「やっとヘンリーを寝かしつけたところなんだ。ポリーも珍しく昼寝をしてる。さあ、タオルで体を拭いてやろう。そのあとミルクでも飲むといい」

　ぼくはマットについて、狭いけれどきれいに片づいたキッチンへ行った。タオルで拭いてもらうと、すごく気持ちがよかった。そのあとマットは冷蔵庫からミルクを出して、やかんに水を入れた。静かにミルクをよそってやさしく撫でてくれるマットといると、友情が芽生えるのがわかった。

ぼくはお茶を淹《い》れるマットの横で、できるだけ音を立てないようにミルクを飲んだ。それからお茶を持ったマットと一緒に居間へ行き、並んでソファに座った。マットが読書を始めたので、ぼくは静かに座ったままでいて、おとなしくしていられることを示した。丸まって横になるうちに、うとうとしてきた。

間もなくポリーが現れて目が覚めた。

「いつのまにか寝てしまったわ。ヘンリーはどこ?」動揺している。

「心配ない。ヘンリーは乳母車で寝てるよ。それにきみが眠ってたのは二時間ぐらいだ」

「でもミルクをあげないと」

「朝飲んだし、まだ昼になってない。ポリー、あの子はもう六カ月を過ぎたんだから、決まった時間にミルクをやるようにしたほうがいい」

「保健師さんにもそう言われたわ。フランチェスカにも」

「じゃあ、言われたとおりにしてみよう。お茶でも飲む?」

「ありがとう、嬉《うれ》しいわ」マットが立ちあがり、ポリーがぼくの隣に腰をおろした。

「こんにちは、猫ちゃん」ポリーがぎこちなく声をかけてきた。ぼくは眉をひそめようとした。ぼくの名前は知っているはずだ。「ごめんなさい、アルフィー」ポリーが言い直した。人間とコミュニケーションを取るのがかなりうまくなってきた。なにしろそうとう練習している。

ポリーがそっと毛に触れてきた。ぼくはじっとしていた。ポリーはぼくを怖がっているようだが、それを言うならなんでも怖いようだ。ぼくが見たところ、明らかにヘンリーに対してびくびくしている。小さなヘンリーに怯《おび》えているふしがある。

マットが戻ってきて、ポリーの前に紅茶を置いた。そしてぼくを抱きあげてソファに座り、膝にのせた。

「ヘンリーが猫アレルギーじゃないといいけど」ポリーが言った。

「もちろん違うさ。母さんは猫を飼ってたし、うちにはいつも猫がいた」

「ああ、そうだったわね」ポリーがうわの空で応えた。マットが心配そうに眉間に皺《しわ》を寄せた。

「ポリー、大丈夫か？　本当のところはどうなんだ？　今回の引っ越しで環境がすっかり変わってしまったし、ぼくもこんなにすぐ長時間勤務になるとは思っていなかった。きみが心配なんだ」

「大丈夫よ」ポリーが部屋を見渡した。その顔には、まるで自分がどこにいるのか見当もつかないと言いたげな表情が浮かんでいる。部屋は引っ越し当時の殺風景なままだ。ソファと肘掛け椅子とテーブルがわりのトランクのほかは、ほとんどなにもない。床にプレイマットとおもちゃがあっても、フランチェスカの家と違って家庭的な雰囲気がない。「いろいろ大変で、疲れてるだけ」ポリーがつづけた。「疲れてホームシックで、フランチェスカと友だちにはなったけれど寂しくてしかたないの。家族に会いたい」ぼくが知る限り、フランチェスカにもここまで話したことはない。

「力になれるようになんでもするよ」マットが言った。「じきに実家を訪ねることもできるさ。どうしても行きたかったら、ヘンリーを連れて一週間お母さんに会いに行けばいい。日曜日にぼくが車で送っていって、次の日曜に迎えに行くこともできる」自分の思いつきに満足そうだ。

「わたしたちを追い払いたいの？」ポリーがうろたえた声をあげた。

「とんでもない、ぼくだって寂しいよ。でもお母さんとしばらく過ごしたいんじゃないかと思っただけだ」

ポリーがマットをにらみつけたが、ヘンリーの激しい泣き声で会話はさえぎられた。

「ミルクをあげないと」

「離乳食か粉ミルクをつくろうか？」マットの声には憂いが浮かんでいた。それどころか敗北感が。

「いいえ、胸が張ってるの。おっぱいをあげるわ」ポリーが立ち去り、寝室へ連れていかれるヘンリーの泣き声が響いた。ドアが閉まり、間もなく泣き声がやんだ。

マットがため息をつき、遠い目をした。フランチェスカもときどきこんな目をする。ぼんやりとぼくを撫ではじめたマットが別のことを考えているのはわかったけれど、気持ちがいいのは同じだった。

しばらくすると、ポリーがヘンリーを抱いて戻ってきた。プレイマットにおろされたヘンリーがおもちゃをつかんだ。

「ひとりでお座りできるようにしてやらないと」ポリーがつぶやいた。

「そうだな。うしろにクッションを置いてやろう」マットがクッションを並べだした。やることができて嬉しそうだ。ヘンリーを起こしてクッションで支え、顔の前でおもちゃを振って座らせようとしている。ヘンリーが嬉しそうに笑いだした。マットも笑い、ポリーまでほほえんでいる。写真を撮って、幸せな家族の思い出にすればいいのに。いまこの瞬間は幸せそうに見えるんだから。

「ポリー、もっと小さいベビーカーを買いに行かないか？　そうすれば、あのばかでかい乳母車をお払い箱にできる」ヘンリーがお座りの練習に飽きて仰向けに寝転び、自分の足をいじりだすと、マットが誘った。

「そうね。このあいだフランチェスカと見つけたお店に行けばいいわ」幾分元気を取り戻している。

「ヘンリーはぼくが抱っこひもで抱いていくよ」ポリーがうなずき、ふたりで出かける用意を始めた。

ぼくはそれを機に失礼することにした。通りを歩いていくふたりを見送ってから、フランチェスカの家の前で大声で鳴いた。でも人がいる気配はなく、家のなかの明かりもついていなかった。出かけているらしい。どうやら行くところがないのはぼくだけのようだった。

しかたないので、タイガーに会いに行った。ぼくが築きつつあるコミュニティを構成するのは新しい家族だけでなく、猫も含まれている。ここに来てようやく、もし困ったことになっても頼れる支援ネットワークができて、それはどんどん強くなっている。またピンチに陥るのはごめんだけれど、あくまで万が一の備えだ。

「なにがしたいの？」タイガーが訊《き》いた。

「公園に行って、池に映る姿を見よう」これは最近お気に入りになっていた。タイガーとぎりぎりまで池のふちに近づき、水面に映る自分たちを見るのだ。水でゆがんだ姿がおもしろくて、午後のいい暇つぶしになる。

そのあとは通りに立つ家の裏庭を歩きまわってフェンスや物置に飛び乗り、最近こうむったばかげた扱いを一切受けることなく楽しい時間を過ごした。

「ねえ、あのへんちくりんな小さな犬を見て」タイガーが言った。ぼくたちがフェンスの上の有利な場所からシャーッと威嚇すると、犬はキャンキャン吠《ほ》え立てて裏庭をぐるぐる走りまわった。無邪気で愉快な遊びだった。

タイガーは、今日という日のもってこいの相手になってくれた。つきあいがよくて、あまりうるさいことを言ってこないタイガーと一緒にいるのは楽しかった。

Chapter 22

数日後の夜、ジョナサンの家に一歩踏みこんだとたん、おいしそうなにおいに包まれた。キッチンでジョナサンが、一度も見た覚えのないことをしていた——料理をしている。近くに栓を抜いたワインがあり、手元にビールが置いてある。

「よう、アルフィー。もう許してくれたのか？」ぼくは喉を鳴らした。この二日間あまり会わずにいたが、おいしい夕食と引き換えに勘弁してやることにしたのだ。みんなを好きだけれど、食事はジョナサンが最高だ。

ジョナサンが冷蔵庫からサーモンの包みを出し、ぼくのお皿に数切れよそってにっこりした。ぼくは不審に思ってジョナサンを窺《うかが》った。なんとなくいつもと様子が違うけれど、どこが違うのかわからない。とりあえずサーモンを平らげ、キッチンの出窓にあがった。ここならジョナサンと外の両方を眺められる。

料理をするジョナサンを見るのは楽しかった。白いシャツとジーンズに着替えた姿がなかなかかっこいい。それにいい香りもさせている。口笛を吹きながら料理をし、珍しく生き生きしている。猫にたとえるなら、足取りが軽いといったところだ。

チャイムが鳴ると、ジョナサンが跳ねるような足取りで玄関へ向かった。戻ってきたときは女性が一緒で、ようやく上機嫌の理由がわかった。女性は白いシャツとジーンズを着ていて、なんだかジョナサンとペアルックみたいだった。これまでこの家で見かけた女性とは明らかにタイプが違う。魅力的だけれど、ほかの女性とは違う魅力がある。たぶんこの人はきちんと髪をとかしていて、簡単に服を脱ぐこともないのだろう。「フィリッパ。ワインでもどう？」

「いただくわ。ありがとう」女性が気取った口調で答えた。

「赤と白、どっちにする？」

「そうね、赤をお願い」ジョナサンがキッチンのテーブルに座るように勧め、ワインを注《つ》いだグラスを渡した。

「ありがとう」

出窓にいるぼくにはまだ気づいていない。ぼくはミャオと声をかけた。

「あれは猫？」フィリッパが尋ねた。

なんだって？　猫に決まってるじゃないか。なんて間の抜けた質問だろう。

「ああ、アルフィーだ」ジョナサンが答えた。

「猫好きとは知らなかったわ」冷ややかに言われ、改めてカチンときた。

「この家についてたようなものなんだ。猫どころかペットを飼う気はさらさらなかったけど、すっかり情が移っちゃってね」

ぼくは身づくろいした。聞いたか、偏屈女、ジョナサンはぼくが好きなんだぞ。

「わたし、猫が嫌いなの」ぼくは耳を疑った。引っかいてやりたかったけれど、やってはいけないのはわかっていた。「どこがいいのかわからないわ」ぼくはジョナサンがかばってくれるのを待った。

「蛇かトカゲを飼ってるほうが、男には合ってるかもな」ジョナサンが茶化した。

「犬のほうがまだましだわ。よりによって猫なんて」

「こいつはいいやつだ。きみもいずれ慣れるさ。ぼくがそうだった。それより、ワインのおかわりは？」

あんまり腹が立ったので、ぼくは出窓から飛びおりて思いきりシャーッと言ってから憤然とその場をあとにした。

「怒らせたぞ」ジョナサンが言った。ジョナサンだって怒ってとうぜんなのに、笑っている。

「まったく、どうしようもない猫だ」これが家を出る前に最後に聞いたせりふだった。

それから数日、夜はクレアと過ごした。泥酔事件からクレアは様子がおかしかった。毎日仕事には行っているが、悲しそうな顔で帰ってくる。ぼくにはその理由がわからなかったけれど、いつも以上にクレアに気を配るようにしていた。どうしてあげればいいのかわからなくても、ぼくがそばにいるのがしっかり伝わるようにした。クレアが元気になるためなら、なんでもすると伝えたかった。

一緒に夕食を食べていたとき、携帯電話が鳴った。画面を見たクレアが戸惑った表情を浮かべ、電話に出た。

「はい」意外そうな顔をしている。「まあ、ジョー。こんばんは」クレアが言葉を切った。ぼくには相手の声が聞こえなかった。「このあいだはごめんなさい。飲みすぎてしまって。ふだんはあんなに飲まないのに」そう、誓ってそんなことはない。よくワインを飲むけれど、あんなに酔っ払ったことは一度もない。

ふたりはそのままおしゃべりをつづけ、やがてクレアの顔が大きくほころびだした。電話を切ると、ぼくを抱きあげてぬいぐるみみたいに抱きしめた。

「ああ、アルフィー。台無しにしちゃったと思ってたけど、そうじゃなかったわ。明日の夜、彼がディナーを食べに来るの。てっきりもうだめだと思ってた。なにを着ようかしら。なにをつくればいいと思う？　デートなんて何年もしてないわ。何年もよ！　ターシャに電話しないと」勢いよく立ちあがり、小躍りしている。

ずっとクレアの力になろうとしているのに、どうやらろくに知らない男からかかってきた電話のほうが効き目があるらしい。つくづく人間は謎だ。ぼくの高度な理解力をもってしても、いっこうに、これっぽっちも理解できない。

ジョナサンの家へ向かう途中、何度も鳥をつかまえようとしては失敗をくり返すタイガーをしばらく見物した。家を出るとき、クレアはすっかり興奮した様子でターシャと電話をしていた。ジョナサンはどうしているだろう。猫ドアを抜けると、キッチンはきれいに片づいて人気《ひとけ》がなかった。居間でジョナサンが電話をしていた。

「どうってことないさ、料理を気に入ってもらえてよかった」ひととき間があいた。「ぼくも仕事で大わらわだが、水曜日はどう？」ふたたび間。「よかった。レストランを予約しておくよ。じゃあまた、フィリッパ」電話を切ったジョナサンがぼくに気づいた。

「よう、相棒」やさしくぼくを抱きあげて膝にのせた。「最高の気分だ。話したと思うが、フィリッパのことは何年も前から知っている。シンガポールに行く前からね。当時はお互い恋人がいて、フィリッパはぼくの同僚と同棲《どうせい》していた。それが偶然にもばったり再会して、どちらもフリーだとわかったんだ。たしかに猫を飼うのはあまり男らしくないかもしれないが、おまえは幸運を招くお守に違いない」

ジョナサンは陽気な笑い声をあげ、〝ジム〟に行く用意をしに行った。

なんだかヨーヨーになった気分でクレアの家に戻った。クレアはキッチンのテーブルでなにか書いていた。

「ハロー、ベイビー」クレアが言った。あたりを見まわしかけたところで、自分が話しかけられたことに気づいた。クレアの隣の椅子に座ったぼくは、文字が読めたらいいのにと思わずにいられなかった。チャイムが鳴り、玄関へ向かったクレアがターシャと戻ってきた。

「来てくれてありがとう、あなたには助けてもらってばかりね」

「そんなことないわ。あの日はあなたを置いて帰ったりせずに、うちに来るように言えばよかった」ターシャがぼくを抱きしめた。

「飲みすぎてしまったの」

「わたしもよ。そうじゃなきゃ、あなたを置いて帰ったりしなかったわ。でも、とにかくよかったじゃない。ジョーがあなたを好きなのがはっきりしたし、あなたも彼が好きで明日はデートするんだもの」

「なにを見てもおかしくてたまらないティーンエイジャーになった気分よ。でも怖くもあるの。いやになっちゃう。とにかくこれを見てちょうだい。明日つくろうと思ってるもののリストよ」ふたりがリストに目をやった。「ジョーがイタリアンを好きかわからないけど、手づくりのラザニアとグリーンサラダ……。たしかにわくわくするメニューとは言えないわ。でも悪くはないでしょう?」

「いいと思うわ。それに、あなたの服を見れば、ジョーは料理のことなんか気にしないはずよ」

「でもなにを着ればいいの?」クレアが訴えた。

「二階へ行って見てみましょう」ふたりで楽しそうに笑っている。

ぼくはふたりを追って寝室へ向かった。どさりとベッドに座ったクレアとぼくの前でターシャがクロゼットをあけ、服を漁《あさ》りだした。

「なにを着るつもり?」ターシャが尋ねた。

「ワンピースはどうかしら。そのほうが見栄えがいいもの。でも待って、家にいるのに頑張りすぎてると思われたくないわ」

「ジーンズね。ジーンズにセクシーなトップスを合わせるのがベストだと思う」ターシャがトップスを選びはじめた。「ふさわしいジーンズとトップスを着れば、正しいメッセージが伝わるはずよ。それに、あなたはすごくスタイルがいいもの。きっとジョーはあなたの言いなりになるわ」

「そうだといいけど。彼のことが本当に好きなの」

「わたし、あまりよく覚えてないのよ。赤毛だったわよね？」

「ええ。すてきな髪をしていて、楽しい人だったわ」

「あなたもそろそろ楽しむべきよ」

「そうよね」クレアがくすりと笑った。

「さあ、ちょっとこれを着てみて」

　ぼくはベッドの上でファッションショーを見物した。ここ数日また落ちこんでしまったクレアを見ていたので、ふたりの笑い声を聞けるのが嬉《うれ》しかったけれど、心配でもあった。もしろくに知りもしない男にこれほどの影響力があるなら、いまのクレアがデートするのは時期尚早じゃないだろうか。そっちの方面に詳しいわけではないけれど、ここに引っ越してきたころのクレアを知っているし、最近は一時的にせよあのころの兆候がぶり返していた。少なくともまだかなり不安定な状態だ。クレアから目を離さないようにしなければ。

　ふたりはようやくなにを着るか決め、一階へおりていった。

「お茶でもどう？」クレアが勧めた。

「ありがとう、でもいいわ。帰らないと。今夜は一緒に夕食を食べようってデイヴに言われてるの」

「いやだ、引っ張りだしちゃってごめんなさい」

「なに言ってるの。楽しかったわ。じゃあ、また会社でね。でも、万が一話す機会がなかったときのために言っておくわ。デートは楽しむためにあるのよ。彼は白馬に乗った王子さまじゃないかもしれないけど、とにかく楽しまなくちゃだめ。ただのデートだってことを忘れないで」

「ええ、あまり深刻に考えないようにするわ。まだ簡単じゃないけど、頑張ってみる」

ターシャが帰るとクレアがソファに腰をおろしたので、ぼくも隣に座った。

「ずっとばたばたしていてごめんなさい。愛してるわ、アルフィー」ぼくは猫なりに精一杯の笑顔を返した。「いろんなことがいい方向に進んでるみたい」

ぼくは喉を鳴らして同意した。本当にそうだといいと心から思う。でもなぜか確信が持てなかった。

Chapter 23

すっかり遅くなってしまったので、大急ぎで22Bをあとにした。フランチェスカとアレクセイがおもしろ半分にぼくを着飾らせて写真を撮るあいだ、弟のトーマスも楽しそうにはしゃいでいたけれど、おかげで何時間も屈辱感を味わわされた。帽子やサングラス、スカーフなど、あらゆるものをつけられた。そのあとフランチェスカの携帯で写真を撮られ、改めて大笑いされた。これを屈辱と呼ばずしてなんと呼ぼう。でもフランチェスカたちはそう思っていないようだし、憤慨しながら退散するはめにはなったとしても、我慢するしかない。幸い、あの一家のことは大好きだから許せる日が来るだろう——たぶん明日ぐらいには。あくまでも、またイワシをくれればという条件つきだ。

コスプレゲームで午後の大半がつぶれてしまった。ポリーとヘンリーを見かけていないが、ふたりのことを考えている余裕がなかった。ジョーが来る前にクレアの顔を見て元気か確認したかった。

猫ドアを駆け抜けると、目の前にクレアの脚があった。今日のクレアはとてもきれいで、おいしそうなにおいが漂っていた。ぼくは脚に体をこすりつけて挨拶した。

「おかえり、心配してたのよ。おなかが空《す》いてるでしょう？　急いで食べてね、そろそろジョーが来るの」クレアがそわそわとキャットフードをよそった。食器の下にはおしゃれなマットが敷いてある。ぼくは黙々と食事を終え、そのあとどびきり念入りに身づくろいした。ぼくも最高の姿をジョーに見せたかった。

クレアは料理をしたり、ぼくの食器を洗ったり、髪をいじったり、せわしなく動きまわっていたが、緊張はしていない。ひたすらわくわくしている。ぼくもわくわくしてきた。チャイムが鳴ったときは、どちらもビクッとした。クレアが改めて髪をふくらませたので、ぼくもあわてて前脚で毛並を撫《な》でつけ、玄関へ向かうクレアを追った。

ジョーは大きな花束の陰になっていたが、すぐあの晩の男性だとわかった。あの赤毛は忘れようがない。

「ジョー、どうぞ入って」

ジョーが戸口を抜けてクレアの両方の頬にキスし、花束を差しだした。ワインも一本持っている。

「ありがとう、すごくきれい。居間へどうぞ。ワインを用意するわ。白でかまわない？」

「もちろん。それから案内は無用だ。居間の場所は覚えてる」ジョーがウィンクした。ぼくは無視されても腹を立てないように自分に言い聞かせ、ふたりについて居間へ向かった。ジョーがソファに腰かけたので、ぼくも目の前の床に座った。

「アルフィーにはもう会ったでしょう？」クレアが言った。

「覚えてないな。やあ、アルフィー」ジョーがぼくを撫でた。「かわいいね」

にっこりしているけれど、本心じゃない。ぼくにはわかる。そもそもジョーはあの夜ぼくをつぶしかけたんだから、ぜったいぼくを見ているはずだ。それに、人間の気持ちは撫で方にはっきり表れる。もちろん表れ方はほかにもあるけれど、猫好きの人間はほんとに猫が好きだとわかる撫で方をする。猫にとっては握手みたいなものだ。人間がしっかりと握手をするところを見たことがあるし、触れるか触れないかの握手をするのも見たことがある。いい加減な撫で方をするジョーが猫好きじゃないのは明らかで、それが残念だった。ジョナサンの友だちにあからさまな反感を見せられたのに、今度はジョーも実は猫嫌いとは。うまくいかないものだ。

ぼくの判断を裏づけるように、クレアがワインの用意をしに行ったとたん、ジョーは家のなかを見まわしてぼくに見向きもしなくなった。近づこうとしたら、にらまれた。

「あっちへ行け」小声で言われた。ひどい侮辱を受けたぼくは、静かにその場を離れて肘掛け椅子の下にもぐった。参加は一切させてもらえそうにないけれど、今後の展開を見守ったほうがよさそうだ。

クレアが笑顔で現れた。クレアといるときのジョーは魅力たっぷりに見えたけれど、すぐに見せかけだとわかったし、その理由はぼくに対する態度だけではなかった。クレアを笑わせているが、ぼくにはどこがおもしろいのかまったくわからなかった。

「広告業界で働くのは楽しいよ」ジョーが言った。「クリエイティブなところや、クライアントとのつきあいが。なかでも相手にじかに会えるのが楽しい」

「そうでしょうね。でもわたしはできればクライアントの相手はしたくないわ。そのほうが仕事が早いもの」

「わかるよ。でもぼくはそこにやりがいを感じるんだ。せっかく浮かんだいいアイデアをクライアントから却下されることもあるけれど、どうしてもいいと思ったらなんとか最後には相手を説得する。これほど興奮することはないよ」

「あなたのほうがそういうことに向いてるみたいね。ロンドンに来てから、わたしも慣れてはきたけど」

「エクセターとは違うだろうね」

「ぜんぜん違うわ。でも、引っ越して本当によかったと思ってるの」

「じゃあ、乾杯しよう。再出発と、新しい友人に」ふたりがグラスを合わせた。

「あなたも新しいお友だちよ。さあ、食事にしましょう。毒が入ってないように祈ってちょうだい」

ふたりが食事をしているあいだ、ぼくはテーブルの下で料理にはまったく関心を向けずにこっそり聞き耳を立てていた。明るい赤毛に青い目をしたジョーはたしかになかなかハンサムだが、退屈な男だとわかった。話すのは自分のことばかりだ。でもなにより、クレアがひとことも漏らさず傾聴していることに腹が立ってたまらなかった。本来は楽しくて賢いすてきな女性なのに、すっかり頭が空っぽな人間になっている。ジョナサンが以前デートしていた女性みたいだ。ジョーが言うことすべてに相槌《あいづち》を打ち、狩りが好きだと言われたときでさえ、本当は大嫌いなくせに反論しなかった。ここで暮らしはじめたころ、ぜったいになにかの死骸を持ってこないでくれと頼まれた。どんな生き物だろうと、そのために命を落としてもかまわないとは思えないからと。もし話すことができたら、猫にとっては愛情表現だと言ってやったところだが、ぼくはクレアの希望を尊重した。

それなのに、クレアの向かいに座るこのくそったれが狩猟シーズンやキジの羽根をむしる話をしても、クレアはぼくにした話はひとこともせずにいる。鳥の死骸を持ち帰って、こらしめてやったほうがいいかもしれない。

テーブルの下でふてくされていると、やがてふたりが席を立ってソファへ移動した。そしてびっくりするようなキスを始めた。レスリングしているみたいだ。クレアを助けに行くべきか迷ったけれど、クレアが出す声は助けがいるようには聞こえなかった。

「きみはすばらしいよ」ジョーがつかのま唇を離して言った。

「あなたも。来て、ベッドへ行きましょう」ふたりは振り向きもせずに、走るような足取りで二階へ向かった。どうやらぼくのことなどすっかり忘れてしまったらしい。


夜空を見あげているうちに、不安がつのった。ジョナサンにとってもクレアにとっても用済みの存在になったのかと思うと気が気でなくて、そうではないと思いたかった。家族が四つあっても、暮らしは不安定のままの気がした。クレアとジョナサンの両方にぼくを好きじゃない〝友だち〟ができたいまは、なおさらそう感じる。こんな展開は予期していなかった。

飼い主やほかの猫を味方にしようとしてきたけれど、このふたりは特別な存在だ。当初すごく冷たかったアグネスにもやさしいところがあった。ジョナサンも同じだ。本当はやさしい人だとわかる。でもフィリッパやジョーにはやさしさはまったく感じられず、ひどい目に遭わされそうで怖かった。

Chapter 24

それは珍しい光景だった。フランチェスカが泣いていた。

その日、仕事が休みのトーマスは、ひとりでゆっくりするといいと言って息子たちを連れて出かけていった。でもフランチェスカはそうしなかった。パソコンを出して濃いコーヒーを淹《い》れてから、モニターに映る相手と話しだしたのだ。

母親らしいその相手は、白髪と皺《しわ》の多さをのぞけばフランチェスカにそっくりだった。会話の途中でぼくが膝に飛び乗ると、ふたりそろって笑い声をあげた。フランチェスカがぼくの名前を言ったから、紹介してくれたのだろう。

そしてしばらくポーランド語で話したあと、フランチェスカがいきなり泣きだした。かなり前に膝からおりていたぼくがあわてて駆け寄ると、抱きあげられてしっかり抱きしめられた。ふだんはえこひいきをしないぼくだけれど、この女性には通り沿いに住むだれよりも心の温かさを感じた。

「ああ、アルフィー」嗚咽《おえつ》混じりの声を聞くと、胸が張り裂けそうになった。「お母さんに会いたい。家族に。ときどき、もう二度とお父さんや妹たちに会えないんじゃないかと思ってしまうの」ぼくはフランチェスカを見つめ、気持ちはわかると伝えようとした。よくわかる。ぼくがどこへ行こうと、その種の喪失感が消えることはない。それは毛並にも、肉球にも、心にも宿っている。

「トーマスや子どもたちのことは愛してるの。ここへ来たのはいい暮らしをするためで、トーマスがいまの仕事を気に入ってるのもわかってる。彼は一流のシェフで、これはチャンスだもの。結婚したときからトーマスに夢があるのは知っていたわ。自分の店を持ちたがっていて、彼ならいつかきっと持てると信じてる。応援するのはとうぜんよ。だから応援してるけど、すごく寂しくて不安なの」ぼくにはその気持ちがよくわかった。

「そばに子どもたちがいるときは平気なのに、ひとりになると寂しくてたまらない。トーマスは仕事が忙しいし、暮らしを軌道に乗せようとして疲れているから知られたくない。仕事はよくなっても物価が高いのを彼も心配してるもの。ふたりとも不安だし、わたしはときどきここへ来てよかったのかわからなくなるの。ポーランドを離れなければよかったんじゃないかって。でもトーマスがもっと上を目指してるのもわかってる。自分のために、家族みんなのために」フランチェスカが、ぼくのすてきな大事な友だちが、両手に顔をうずめて泣きだした。

ぼくたちはしばらくそのままでいた。やがてフランチェスカがそっとぼくを床におろし、バスルームへ向かった。顔を洗い、クレアがするように顔になにかつけた。そして背筋を伸ばし、鏡に向かって笑顔をつくった。

「こんなことはやめなくちゃ」こんなことがしょっちゅうあるんだろうか。違うと信じたい。こんな状態のフランチェスカとふたりきりになるのは初めてだった。遠い目をしていることはあったけれど、それはフランチェスカがつかのまひとりになったときに限られていた。

フランチェスカが気を取り直したちょうどそのとき、チャイムが鳴った。フランチェスカが素足でカーペット張りの階段をおりていった。

玄関先にポリーが立っていた。ワインボトルを持ってほほえんでいる。

「まあ、いらっしゃい」フランチェスカが驚きを隠せずにいる。ぼくもそうだ。ポリーがほほえむことはめったにないし、いまの笑顔はこれまででいちばん屈託がない。

「ねえ、聞いて。仕事帰りのマットと待ち合わせて帰る途中、ばったりトーマスに会ったの、ご主人に」興奮で息を弾ませているポリーは、いつにも増してきれいだ。「それでね、マットとトーマスが話しているあいだにサッカーの話題になって、大画面テレビでトーマスに試合を見せることになったのよ。マットはあのテレビが自慢なの。しかも、子どもたちの面倒も見てくれるんですって。つまり、わたしたちだけで一時間ワインを楽しめるってわけ！」

面食らった表情を浮かべていたフランチェスカが、にっこりした。「ふたりの気が変わらないうちに入ったほうがいいわ」ふたりそろって笑っている。

「ふだんはぜったいヘンリーから目を離さないんだけど、最近は離乳食をよく食べてくれるし、おっぱいも窄って置いてきたから、マットが言うとおりしばらく離れても問題ないはずよ。ついでにワインをちょっと飲んでもね」

ポリーがフランチェスカについてキッチンへ行き、ふたつのグラスにワインを注《つ》いだ。

「ナズドロウィ」フランチェスカがグラスを掲げた。

「〝乾杯〟っていう意味よね」ポリーが応えた。

ぼくは居間に落ち着いたふたりに加わった。ポリーに無視されていても腹を立てないようにした。考えてみればいつものことだ。いつもしばらくしてからぼくに気づく印象があるが、べつにぼくが嫌いなわけじゃない。いまのポリーはあらゆるものを好きになれないだけだ。ポリーが意地悪じゃないのはわかっている。最近ぼくの日常に加わった人間とは違う。

「それで、元気にしてるの？」フランチェスカが尋ねた。

「ええ。信じられないかもしれないけれど、ヘンリーが生まれてからあの子と離れたことがなかったの。ほんの一時間でさえ。マットが見てくれているあいだに眠りはしたけれど、同じ屋根の下から出たことはなかった。いまがいちばん離れているわ」

「母親にもたまには休憩が必要よ」

「そうね。でももう気が咎《とが》めているわ」さっきのはしゃいだ雰囲気が早くも薄れ、瞳に翳《かげ》が落ちた。

「母親の罪悪感ね。妊娠したときから感じるものよ」フランチェスカが弱々しく笑った。

「たぶん。母にも同じことを言われたわ。母に会いたい」ポリーの瞳に悲しみがよぎった。

「わたしもよ。会いたくてたまらないわ」

「わたしたちには共通点がたくさんあるわね」ポリーがほほえんだ。完璧な歯並びの真っ白な歯。モデルになれそうだ。

「この際、夫のプレゼントを受け取ることにも慣れないとね。トーマスは忙しくて、あまりこんな機会はないもの」

「うちも同じよ。さあ、嘆くのはもうやめて楽しみましょう。一時間しかないんだもの、精一杯有効に使わないと」

「そうね。ねえ、ポリー、あなたはイギリスで初めてできた友だちよ」

「あなたはロンドンで初めてできた友だちだわ。それどころか、ポーランド人の友だちはあなたが初めて。あなたがお隣でよかった」

感傷的になるふたりを見て、ぼくも少し感傷的になった。

そんな日もある。


ポリーが帰るまでにふたりが飲んだワインはグラスに二杯ほどだったが、どちらも楽しそうだった。息子たちを連れて帰ってきたトーマスと入れ替わりに帰宅したポリーは、来たときと同じぐらい元気になっていた。

「またね、フランキー」フランチェスカの頬にキスし、本人が望んだ親しみのこもる呼び名を使った。

「マットはいいやつだったよ」ふたりきりになったところでトーマスが言った。

「すてきな家族ね。お友だちになれそうだわ」

「ああ、ポーランド人だから見下されていると思っていた」トーマスが険悪な顔になった。

「ええ、でもみんながみんなそうだというわけじゃないわ。お隣がそんな人じゃなくてよかった」フランチェスカの瞳が翳った。

「でもほかのやつらは――」

「もうこの話はやめましょう。話したくないわ」不安のせいか表情が張り詰めている。

「ごめん、でも話すべきだ」

「女の人がひとりいるだけだし、いずれやめるわ。歳《とし》を取っているから、現代社会をわかっていないのよ」

「でもぼくたちは給付金なんてもらっていないし、通りできみを動揺させるのは許せない」

「お願い、もうやめて、トーマス。貴重なお休みなのよ。台無しにしないで」フランチェスカが居間を出て息子たちのところへ行った。

ぼくは会話の内容が理解できずにいた。なにか聞き逃したんだろうか。どうやらだれかがフランチェスカによからぬことを言ったらしい。それがだれかわかったら、フランチェスカを悲しませた仕返しにシャーッと威嚇して引っかいてやるのに。

玄関の前に座ってドアをあけてくれるのを待つころには、答えより疑問のほうが多くなっていたが、そろそろクレアとジョナサンの様子を見に行くほうがよさそうだった。夕食になにをもらえるかもチェックしないと。

Chapter 25

状況は日に日に悪化していた。ぼくはすっかり心配性の猫になっていた。これまでも計画にちょっとした支障は出たものの、全体的には順調に進んでいると思っていた。でもこの一カ月で、すべてがうまくいかなくなっている。

ジョナサンは外泊が増え、そういうときはたいていぼくに食事を置いていくのを忘れてしまう。次に会ったときは反省しきりだが、頭のおかしい猫みたいににやにやしているから真に受ける気になれない。

憎たらしいフィリッパがいると、たちまちご機嫌になる。フィリッパはぼくといてもご機嫌にはならない。ジョナサンの家へ来るたびに、ぼくが家具にのるのを許されていることや、ぼくがいかに不衛生かをうるさく騒ぎ立てる。でっちあげも甚だしい。ぼくほど清潔な猫はいない。見た目には自信がある。要するに、フィリッパはとにかくぼくが嫌いなのだ。

昨夜、ジョナサンの家に行ったのは夕食どきだった。フィリッパはジョナサンとソファに――ぼくのソファに――座っていた。新聞を読むジョナサンと雑誌を読むフィリッパは、ずっと前から一緒にいるみたいに隣りあって座っていて、なんだか腹が立った。ジョナサンが顔をあげた。

「アルフィー、どこに行ってたんだ？　キッチンに食事を用意しておいたぞ」ぼくはジョナサンをにらんだ。食べ物があったら見過ごすはずがない。

「ああ、冷蔵庫に入れておいたわ。食べ物が出しっぱなしになってるのがいやだったから」ぼくは最高に冷たい視線でフィリッパをにらみつけた。さすがのジョナサンもあきれた顔をしている。ぼくは立ちあがってキッチンへ向かうジョナサンについていった。ジョナサンが冷蔵庫からぼくの食事を出してくれた。

「悪かったな、相棒」そう言って、居間へ戻っていく。

食事を終えたあとも、ふたりは同じ場所にいた。ぼくはジョナサンの膝に飛び乗り、食事のお礼をした。

「平気なの？」フィリッパが咎《とが》める表情でジョナサンを見た。ぼくに言わせれば、ちょっと傲慢な顔をしている。

「ぜんぜん。こいつは行儀がいい」

「ペットを家具にのせるなんて感心しないわ」

「こいつは大丈夫だ。あまり毛を落とさない」ジョナサンからぼくをかばうせりふを聞くのは不思議な気がした。出会ったころはなにかにつけてぼくを責め、家具の上どころか自分の家にいるのもいやがったくせに。

「とにかく、あまりいいこととは思えないわ。あなたが仕事に行ってるあいだ、その猫はなにをしてるの？　ゆうべはどこで寝たの？」やっぱり引っかいてやりたい。いくらなんでも失礼すぎる。

「猫がやることをやるのさ。狩りをしたり、ほかの猫と一緒にいたり。それでじゅうぶん幸せそうだし、そのうち必ず帰ってくる。それのどこがまずいんだ？」

「わたしたちみたいな人間がペットを飼うのは、合理的じゃないと言いたいだけよ」フィリッパが言った。「それに、その子がどこにいるのかわからなくても気にならないのなら――」

「なんだかティーンエイジャーの話をしてるみたいだな」ジョナサンが笑った。フィリッパもこわばった笑みを浮かべている。そのせいで、顔がふたつに割れたみたいに見えた。

「まあいいわ、送ってくれる？　ここでもっと猫の話をしていたいところだけど、帰って明日の用意をしないと」

「わかった。鍵を取ってくるよ。でも今夜はまっすぐ帰ってこなくちゃいけないんだ。見直したい計算がいくつかあってね」

ジョナサンがいなくなると、フィリッパが敵意もあらわににらんできた。そしてシャーッと言ったぼくを笑い飛ばした。

「対等に渡りあえるつもり？」とげとげしい捨てぜりふを残して振り向き、戻ってきたジョナサンに魅力を振りまいている。

なにより残念なのは、ふたりがベッドをともにするときはカシミアの毛布を使えないことだ。以前、一緒に寝室へ行ったら、フィリッパがぼくに殺されかけてるみたいな悲鳴をあげたのだ。できるものなら殺してやりたかった。ぼくはジョナサンに抱きあげられて階段の踊り場へ運ばれ、寝室から締めだされた。どうやらフィリッパがいないときしかぼくと寝たくないらしい。

それに、ぼくに対するフィリッパの非難をまともに相手にしているとは思わないけれど、ちゃんと弁護もしてくれない気がして、それが期待はずれだった。しばらくのあいだぼくが唯一の友だちだったのに、忘れてしまったらしい。裏切り者め！

クレアも似たり寄ったりだった。ぼくの素直ですてきなクレアはすっかりジョーにのぼせあがり、どうやら彼こそが宇宙の支配者だと思っているらしい。ジョーが言うことすべてに調子を合わせ、たいしておもしろい話でもないのに声をあげて笑う。

ふたりの関係で厄介なのは、いつもジョーがうちに来ることだ。自分のフラットはあまり広くないし、近所迷惑な住人がいると言って、最初のディナーデートのときからクレアの家に入り浸っている。なかば引っ越してきたも同然だ。クレアにぼくの悪口を言うことはないものの、フィリッパより質《たち》が悪い。なにしろ、ぼくを好きなふりをしながら、クレアがいないと、最低最悪のものを見るようににらんでくるのだ。一度なんて、実際に蹴り飛ばされそうになった。すばやく反応したおかげでとっさに身をかわせたのがせめてもの救いだ。とうぜんこの一件はジョーの怒りをつのらせたけれど、クレアのそばではぜったい表に出さない。それにクレアがぼくの食事を忘れることはないにせよ、ジョーがいるときはろくにぼくに目もくれない。もうぼくは厄介者なのだ。求められていないのがわかる。

マーガレットは信頼できたけれど、この人たちは違う。タイガーに訊《き》いてみたが、わからないと言われてしまった。タイガーの飼い主は猫の世話もせずに出かけるような人ではないし、意地悪でもないのだ。とはいえ、ジョナサンとクレアも猫好きには変わりない。ふたりの相手が猫好きだったらどんなによかっただろう。今後の安泰を望むなら、ジョーとフィリッパに消えてもらうしかないけれど、それにはクレアとジョナサンから引き離すしかない。ただ、その方法がいっこうにわからない。

もうひとつの問題は天気だ。野良猫暮らしを強いられる前は天気のいい日しか外に出なかった。そのあとはあらゆる天候に果敢に立ち向かって乗り越えはしたものの、やっぱり雨は大嫌いだ。一週間、雨が降りつづいている。クレアは初夏だからと言うけれど、それがなぜ雨の理由になるのかわからない。大雨のなか、一度だけ意を決して二十二番地に行ってみたが、ここ数日はフランチェスカやポリーたちに会っていない。ずっとクレアかジョナサンの家の出窓に座り、窓に打ちつける雨を鬱々と見つめている。

クレアの窓から外を見ていると、ジョーとクレアが一階へおりてきた。

「悪いけど、アルフィーにキャットフードをあげたら急いで出かけないと。早朝会議があるの」

「コーヒーを飲む時間もないのか?」

「あなたのせいで遅くなったのよ」クレアが忍び笑いを漏らした。「コーヒーを飲むなら、先に出かけてもかまわない?」

「いいとも」ジョーがクレアのお尻をつかみ、にやりとした。我が目を疑っているぼくの前でクレアがキッチンへ行ってキャットフードをよそい、コートを着て出ていった。クレアを見送ったジョーが、ぼくを見た。

「雨のなか出かけたくないだろうな」ぼくは曖昧にミャオと応えた。するとジョーが乱暴にぼくの首筋をつかみ、玄関から外に放りだした。なんとか脚から着地したが、ショックで動転してしまった。つかまれた首筋がひりひりするし、体が濡《ぬ》れはじめている。ぼくは怒りに任せて雨をふるい落とし、憤然とその場をあとにした。

どうせもう濡れてるんだから濡れたって関係ないと自分に言い聞かせ、二十二番地へ向かった。着いたときはびしょ濡れになっていた。鳴きながらフランチェスカの玄関を引っかいたが、だれも出てきてくれなかった。ポリーの家も人の気配がないから一緒に出かけたのかもしれないが、こんな悪天候のなかわざわざ出かける理由がわからなかった。ぼくはすっかりしょげてしまった。

雨が小降りになったので、公園の池へ行くことにした。今朝はこれまでさんざんだったから、蝶《ちょう》を探すか鳥を追いかけるかして気持ちを晴らすつもりだった。まさか蝶も鳥も雨を避けて隠れているなんて、思いもしなかった。池は静まり返っていた。しかたがないので、水面に映る自分の姿を追いかけてうさを晴らすことにした。

ぎりぎりまで池に近づくと、気づいたときはぬかるんだ草地をずるずるすべりだしていた。池のふちに必死で爪を立てたが、無駄だった。黒い水に落ちまいと懸命にもがいても、凍るように冷たい深みへどんどん近づいていく。ぼくは恐怖で悲鳴をあげた。冷たい水に落ちたらどうすればいいかわからない。泳げないし、池からあがる方法もわからない。九つある命のひとつが眼前にちらつき、改めて必死で爪を立てた。なんでもいいからしがみつけるものを見つけようとした。声を限りに鳴いたが、踏ん張るのも限界で、しっぽから池に落ちるのは時間の問題になり、希望が薄れていくのがわかった。

ぼちゃんと大きな音を立て、池に落ちた。最初に感じたのは冷たさだった。悲鳴をあげて水からあがろうとしたけれど、何度も頭まで沈んでしまった。ありったけの体力を振り絞らないと溺れてしまいそうだった。

「アルフィー、おまえか？」水面から一瞬頭が出たとき、聞き覚えのある声がしてマットが見えた。悲鳴をあげようとしたけれど、声が出なかった。頭が浮き沈みするたびに揺れる水の音しか聞こえなかった。

「アルフィー、頑張って泳いでみろ、つかまえてやる！」マットが叫んだ。命がけで脚を動かすと、ぬかるみに膝をついて前かがみになっているマットがちらりと見えた。

「この枝につかまれ」こちらへ向けて枝を振っている。つかまろうとしたが、遠すぎてまた沈んでしまった。ふたたび水面に顔を出すと、池に落ちそうになるほど身を乗りだしているマットが見えた。

「アルフィー、もう少しで届く。落ち着くんだ」祈るような口調のマットがぼくをつかまえようとしたが、また水中に引きこまれてしまった。

体力を使い果たし、これ以上頑張れない気がしたが、なんとかもう一度水面を目指した。つかまれたときは、目を閉じていた。つかむ手に力が入って悲鳴をあげたが、その直後、いきなり静かになった。目をあけると、池のふちに横たわるマットの上にいた。マットは雨でびしょ濡れで、服は泥まみれだった。

「ああ、よかった。死んでしまったと思ったぞ」マットがぼくを抱きしめた。ぼくは疲れ果てて声が出ず、ぐったりしていた。「うちに連れていって乾かしてやる。そのあと必要なら獣医に診てもらおう」ぼくは安堵《あんど》で力が抜け、動くことができなかった。

二十二番地に着くと、マットはまっすぐバスルームへ行ってふわふわのタオルで体を拭いてくれた。そのあと服を着替えに行った。ぼくはタオルにくるまったまま、まだ疲れて動けずにいた。マットがやさしくぼくを居間へ運んでソファにおろした。ミルクをよそったボウルを持ってきてくれたので、ありがたく飲んだ。

「なんでまた池に落ちたりしたんだ？」マットに訊かれ、ぼくは大声で鳴いた。「まあい、これからは雨でぬかるんでるときは近づくんじゃないぞ。かわいそうに。大丈夫か？」ぼくは喉を鳴らした。元気が戻ってきたし、マットのおかげで気分もよくなった。

危ないまねをした自分に腹が立ったけれど、まだ命は七つ残っている。

「みんなはどこだと思ってるんだな？　ポリーやフランチェスカや子どもたちは」ぼくは静かにミャオと答えた。「出かけてるんだ。フランチェスカは子どもたちを連れて数週間ポーランドへ行っている。トーマスが内緒で手配してたんだ。ポリーはウィルスに感染したので、治るまで実家にいることになった。こっちへ帰れる状態になるまで、ぼくも週末は向こうで過ごすつもりでいる」乾きかけたぼくの毛を撫《な》でている。「今日の午後は自宅で仕事をするつもりだから、ここにいるといい」陽気でやさしいマットといると、つかのまの安らぎを感じた。

最低男のジョーのせいでいじけていたけれど、マットのやさしさに慰められた。それでも、マットには心から感謝していたものの、死にかけて会いたいときにフランチェスカとアレクセイがいないのは寂しかった。孤独感が戻っていた。家族が恋しかった。

天気のせいでしばらくここに来ていなかったから、留守になることをぼくに知らせようがなかったのだろう。最後に会ったとき、フランチェスカは母親に会いたがっていたし、ポリーもなにかを求めていた。だから身勝手なことは考えず、いまはいなくてもいずれ帰ってくることを喜ぼうとした。ほんの数週間の我慢だ。たいして長くない。ぼくみたいに心配性な猫にも待てない時間じゃない。

ミルクを飲み終えたぼくは、マットとポリーのソファで丸くなって眠り、大好きな人たち──過去ではマーガレットとアグネス、いまはクレアとジョナサン、フランチェスカとトーマスと息子たち、ポリーとマットとヘンリーの夢を見た。

理想的な状況じゃなかろうと、文句は言えない。ついこのあいだまでひとりぼっちだったんだから、現状にもっと感謝しなければ。

数時間後、目を覚ますとさらに気分がよくなって毛も乾いていた。ぶるっと体を揺すり、湿ったタオルを残してソファをおりた。マットの膝に飛び乗って気を引いてから、玄関へ行ってドアの前に立った。

「ああ、出たいんだな?」マットが笑みを浮かべた。「それなら、とりあえずもう大丈夫だな。うちではみんな、おまえがここを出ていくたびにどこへ行くんだろうと不思議に思ってるんだ。でもどうやらおまえの帰りを待ってる家があるらしい」ぼくは首をかしげた。マットが玄関をあけた。「じゃあな、アルフィー。またいつでもおいで」

それからクレアの家で、クレアが仕事から帰ってくるのを待った。今朝の出来事でまだ少し寒気がしたので、体を丸めて温めた。毛は乾いたけれど、ずぶ濡れになったときの寒さが尾を引いていたし、ショックも残っていた。

鍵をあける音が聞こえ、クレアが帰ってきた。ひとりだったので、駆け寄って大歓迎した。クレアにかわいがってほしかった。これまで以上にかわいがってほしい。クレアがやさしくぼくを抱きしめ、床におろしてぼくの食事を用意しに行った。

「今日はやけに甘えん坊なのね」床に食器を置きながらクレアが言った。ぼくはクレアの脚にぴったりくっついているのも同然だったのだ。「文句を言ってるわけじゃないのよ」笑っている。「最近、わたしに腹を立ててる気がしていたの。ジョーにばかりかまけているから、やきもちを焼いてるんだとターシャに言われたわ」

ターシャの思い違いだと言ってやりたかった。やきもちじゃない、むしゃくしゃしてるんだ。でもミャオと鳴くことしかできないし、それでどこまで伝わるかわからなかった。

「ああ、アルフィー。いまでもあなたがいちばん好きよ」クレアが愛情をこめてくすぐってくれた。「でもこれからは、それがもっと伝わるように努力するわ」また笑っているが、笑い事じゃないと言ってやりたかった。

食事中に、クレアの携帯電話が鳴った。

「ああ、ターシャ。かけ直してくれてありがとう」クレアが明るく言った。つかのま沈黙が流れた。「ごめんなさい。読書会に行くつもりだったんだけど、帰ってくる途中でジョーから電話があって、今日は仕事でさんざんだったみたいなの。うちに来るように言ったから、読書会には行けないわ」ふたたび沈黙。「そんな、友だちより彼を優先するつもりはないわ。ただ、すごく落ちこんだ声だったのよ。クライアントに苦情を言われたらしくて。ひどいでしょ?」また沈黙。「わかってもらえて嬉《うれ》しいわ。明日の夜、飲みに行きましょう。ぜったいキャンセルしないって約束する」

ぼくはターシャにも腹が立った。なんで理解を示すんだ? どうしてクレアはぼくたちより、あの最低男を優先するんだ? あいつのせいで溺れかけたのに。今朝ぼくを放りだしたのは、あいつなんだから。


ジョーが来たとき、クレアは着替えをすませてお化粧にも手を加え、もともときれいな家をさらに片づけていた。

「いらっしゃい」クレアが愛情をこめてジョーをハグした。

「ビールはあるか?」ハグを返すどころか挨拶も抜きでジョーが言った。

「ええ、買っておいたわ。持ってくるわね」戸惑って傷ついた顔をしている。ぼくの頭のなかでまた警報が鳴った。ここに来るようになったころほどジョーはクレアに対してやさしくない。ぼくを嫌っているだけでなく、クレアのことも好きじゃないみたいな態度だ。こんな男はクレアにふさわしくない。ふいに、ぼくのもろい自尊心の問題だけじゃない気がしてぞっとした。ジョーがソファに腰をおろし、リモコンでテレビをつけた。クレアがビールを持ってきて隣に座った。

「話をしたい？」恐る恐る訊いている。

「それよりサッカーを見たい。そろそろ始まる。夕食はできてるのか？」

「いいえ。電話をもらうまで読書会に行くつもりだったから、なにもないの」

「じゃあ、中華料理でも注文しろよ」

「ええ、いいわ。なにがいい？」冷たくされて傷ついているクレアを見ると、ぼくも心が痛んだ。ジョーはずっと命令口調で、お礼のひとつも言わない。

「スペアリブ、酢豚、卵チャーハン」ジョーがテレビを見はじめ、クレアは居間を出ていった。あとを追うと、クレアがキッチンの引き出しからデリバリーのメニューを出していた。ぼくは脚に体をこすりつけた。

「仕事でいらいらしているから、あんな態度を取ってるだけなのよ」クレアがささやいた。ぼくは不満の声で応えた。あいつがあんな態度を取るのは冷酷な男だからだ。ぼくがその証拠だ。初めて会ったときからクズだとわかっていた。猫の勘に狂いはない。

あいつのすべてが見せかけだ。ぼくを好きなふりをし、クレアにやさしいふりをしているけれど、その見せかけにひびが入りだしている。どうやらクレアは男選びがへたらしい。

もっともぼくとの出会いでは運に恵まれたわけだが。クレアはぼくの生きていくうえでの基本ルール――猫嫌いな人間を信じるな――をわかってない。

ジョナサンに会いたいけれど、弱い立場にいるクレアをひとりにするわけにはいかなかった。これまで以上にぼくが必要なはずだ。ジョーの隣で黙ってデリバリーを待つクレアは、どうしていいかわからずおろおろしている。デリバリーが届いたときもジョーは動こうとも財布を出そうともせず、クレアに支払いと盛りつけをさせた。

「用意ができたわ」テーブルに料理を並べ終えたクレアが声をかけた。

「試合を見てるんだ。ここで食べる」ジョーがそっけなく応えた。

クレアが悲しそうにジョーを見た。

「ソファで食事をするのはあまり好きじゃないの」また恐る恐る話しかけている。「ここからでもテレビは見えるわ」

「つべこべうるさいぞ！」ジョーが怒鳴り、クレアがびくっとした。ぼくは思いっきり背中を丸め、シャーッとジョーを威嚇した。

「なんだ、その態度は」ジョーがぼくを見て立ちあがった。クレアは呆然《ぼうぜん》としているが、ぼくは怖くなかった。もう一度シャーッと威嚇してやった。

「のみだらけの薄汚い毛玉のくせに」こちらを見る目に殺意がこもっている。ぼくは怯《おび》えて縮みあがった。

「ジョー、どういうつもり？　アルフィーを怒鳴りつけるなんて」クレアの声は穏やかだが、しっかりしていた。ジョーがクレアに目を向けた。どう出るか考えているらしい。

「すまない」本気で謝っているようには聞こえない。「悪かった。アルフィーにも謝る。ひどいことをするつもりはない。仕事でむしゃくしゃしてるせいだ。ああ、クレア、ごめん。食事にしよう。埋め合わせをするよ」

クレアは半信半疑の顔をしていたが、おとなしくテーブルについた。ジョーがテーブル越しにクレアの手を取った。

「本当に悪かった、反省してる」顔に嘘だと書いてある。

「もういいわ。でも話してくれない？　仕事でなにがあったの？」

「クライアントのひとりがとんでもないミスをしたんだ。キャンペーンの予算を完全に勘違いしていて、請求された金額を見て激怒した。そのうえ自分のミスを隠すために、ぼくに責任を押しつけようとしている」

「ひどい人ね」

「問題は、そこはいい取引先なのに、取引をやめると脅してきてることなんだ。だから社内ではぼくが悪者になるしかない。停職処分にして、社内調査をするとか言ってる」

「でもいずれ事実が明らかになるんでしょう?」心配顔でクレアが訊いた。

「もちろん、いずれ解決する。ただの駆け引きだ。でもさしあたって来週は出社しなくていいと言われた。こんな屈辱的な話があるか?」

「よくわかるわ。わたしはあなたの味方よ」

「本当に悪かったよ。きみには感謝してる」ジョーがほほえんだ。うわべだけの魅力が戻っただけなのに、クレアはそれを真に受けている。

大声で教えてやりたかった。ジョーはクズだとわからせたかった。この男が味方になにを望むか想像がつく。山ほどの無料の中華料理のデリバリーと、ビール片手にサッカーを見まくることだ。こういう男の噂《うわさ》は聞いたことがある。

猫の勘で、仕事のトラブルの原因はジョーの気がした。こいつのミスに違いない。ジョーはクレアにふさわしくないどころか、ふさわしい相手とはかけ離れた男だと、これまで以上に実感した。

Chapter 26

ぼくはジョナサンの家でじりじりしながら帰りを待っていた。

あれから一週間がたち、状況はさらに悪化していた。エドガー・ロードに落ち着こうと決めたとき、これで試練も終わると思った。住む家や新しい飼い主を見つけた喜びは、とうに消えてしまった。心配事や不確かなことが山ほどある。それなのに、みんなに情が移ってしまってもう黙って立ち去ることはできない。べつに行くあてがあるわけではないけれど。

二十二番地のみんなに会いたかった。まだ留守だから行ってもしょうがないのに、ときどき訪ねて友だちを恋しがらずにはいられなかった。

ジョナサンを訪ねるのはそんなにいやじゃない。フィリッパがかなり頻繁に来ているとはいえ、我慢はできる。少なくともどう思われているかわかってるし、ぼくには冷たくてもジョナサンにはやさしい。まあ、やさしいのはときどきで、しょっちゅうジョナサンに指図している気がするけれど、ジョナサンは気にしていないようだ。ふたりを理解しようとするほど、わからなくなる。

帰宅したジョナサンは、意外にもさかんにちやほやしてきた。

「フィリッパが出張に行ったから、しばらくぼくとおまえだけだぞ」ぼくは嬉《うれ》しくて舌なめずりした。ジョナサンがぼくといたがるのは、所詮間抜けな恋人がいないからなんだから、こんなに喜ぶ必要はないけれど、理由はどうあれ好意や愛情を見せてくれたのが嬉しかった。できるだけ一緒にいよう。ぼくにどれほど魅力があるか思いだせば、フィリッパにぼくの批判や悪口を言わせなくなるかもしれない。

定期的にクレアの様子を――それと日増しに怠惰になっていくジョーの様子も――見に行く必要があったが、ジョナサンとは男同士の楽しい時間を過ごした。触れあいとにおいで改めて絆《きずな》が深まり、ぼくはジョナサンがお気に入りに戻った証拠に二度ほどちょっとしたプレゼントをした。

ジョナサンは毎晩フィリッパと電話をしているのに、なぜか彼女がいないほうが気楽そうだった。妙な話だが、フィリッパがいるときのジョナサンは常に気を張っているように見えるのだ。行儀がよくて、きちんと身なりを整えている。でもフィリッパがいないときはトレーニングウェアを着ているし、朝まで食器を片づけることもなく、はるかにリラックスしている。だらしないのがいいことなのかわからない。ついでに言えば、ぼくはだらしない猫じゃない。

それにしても、人間はどうしてこんなにばかなんだろう。クレアはジョーがいないときのほうが確実に幸せだったし、ジョナサンはフィリッパがいないときのほうが楽しそうだ。母親に会ってきたあとのクレアはターシャとの友情や読書会に没頭し、とても楽しそうにしていた。ジョーといるいまは、またなにかが失われてしまった。溌剌《はつらつ》とした雰囲気がない。それにジョナサンはフィリッパがそばにいると緊張するらしく、内心ではいないのを喜んでいるようだ。

本当に理解に苦しむ。これっぽっちも理解できない。

それから数日のあいだに、ジョナサンとぼくの生活に簡単なパターンができた。クレアと過ごす時間はあくまでしっかり確保していたけれど、ジョナサンと過ごす時間のほうが長くなった。一緒に食事をすると新鮮な魚をたっぷりもらえるので、ぼくは有頂天だった。もうイワシを恋しく思うこともなくなった。一緒にテレビを見た。ジョナサンはビールを飲みながらゆったりソファに座り、寄り添うぼくをぼんやり撫《な》でた。また一緒に寝室へ行くようになり、カシミアの毛布も戻った。それに、ジョナサンはぼくにいろんな話をした

――楽しんでいる仕事のこと、週末一緒に飲みに行く予定でいる新しい友だちのこと、〝見た目が悪くならないように〟頻繁に通っているジムのこと。唯一しないのはフィリッパの話で、それがまさにすべてを物語っていた。

それなのに、毎晩フィリッパとの電話を切るとき、ジョナサンは会えなくて寂しいと言う。それどころか愛していると言う。そんなはずはない。とうてい本心とは思えない。

新たな計画を思いついたのは、そのときだった。状況が変わったことで、あるアイデアが浮かんだ。なにをすればいいか、はっきりしている気がした。ジョナサンはフィリッパといてもあまり幸せになれないし、ジョーはクレアにふさわしくないんだから、クレアとジョナサンをくっつければいい。なにしろフランチェスカとポリーが友だちになるきっかけをつくったのはぼくなのだ。クレアもジョナサンもぼくが好きだから、お似合いのはずだ。あとはどうやってふたりをくっつけるか考えればいい。

ある日は近くにクレアがいたので、まずいことが起きたみたいに大声で鳴いてジョナサンを外へ連れだそうとしたが、ジョナサンの携帯電話が鳴ってしまい、電話を切ったときはもう間に合わなくなっていた。別の日はクレアの前で甲高い声で叫んでから走り去り、ジョナサンの家まであとを追わせようとした。でもクレアはぼくが遊んでいると勘違いして、〝なにをやってるの〟と言っただけだった。いまのところ、ほかにふたりを引きあわせる方法を思いつかないけれど、決めたからにはあきらめるつもりはなかった。

そう、あきらめるわけにはいかない。クレアのことが本気で心配になってきた。中華料理の夜からジョーはずっとクレアの家に居座っている。いや、一度だけ出かけたが、あくまで自分の荷物を取りに行っただけだ。一日じゅうテレビを見てクレアのものを食べ、仕事から帰ったクレアにやつあたりしては仕事のストレスのせいだと謝る。ぼくは何度も蹴られそうになり、毎回なんとかかわしてはいるものの、そのたびにジョーは敵意をつのらせた。クレアが心配で出ていくことはできないが、あの家にいるのがどんどん不安になっていた。

いっこうに姿を見せないターシャに会いたかった。いるのはジョーだけで、動こうともせずにクレアのソファに陣取り、そのまわりをびくついたネズミみたいにクレアが走りまわっていた。

クレアに対してあんな態度を取るジョーを、なんとしてもぼくたちの生活から追いだす必要がある。でもクレアはジョーに呪文をかけられたようになっていた。もう幸せそうには見えないのに、本人にその自覚がないのか、ジョーを喜ばせるためにますます時間を費やしている。

これもまたぼくには理解できない人間の矛盾した行動だ。ターシャと話ができれば、力を合わせてなにか手を打てるのに。ターシャなら友だちの変化に気づくはずだ。でもとうぜんそれは無理なので、ぼくは透明な見えない猫になろうとした。ジョーの邪魔にならないようにしたり、家具のうしろに隠れたりするのがうまくなったけれど、なにも聞き逃さないように耳はそばだてている。

　クレアがいないとき、ジョーはよく電話をかけている。思ったとおり例の件はジョーのミスで、もう元の職場に戻る見込みはないとわかった。クレアの家を出ていくつもりもない。自分のフラットを引き払う気でいる。状況は泥沼化していた。

　ぼくはクレアがいるときだけ姿を見せるようにした。クレアはいまもぼくをかわいがって食事も出してくれるけれど、ジョーの影響が出はじめている。いつも疲れた浮かない顔をして、確実にまた体重が減っていた。

　その夜、仕事から帰宅したクレアにジョーが最初に訊《き》いたのは、夕食のメニューだった。

「ステーキよ」クレアが疲れきった声で答えた。

「よし。用意ができたら言ってくれ」クレアが家にいるとき、ジョーはビールを飲みながらずっとテレビを見ていて、なにもしない。掃除や片づけはしないし、買い物や料理もしない。几帳面《きちょうめん》なクレアには我慢できないはずなのに、なにも言わずにいる。ぼくですら、おもちゃを散らかしっぱなしにしてはいけないことぐらいわきまえている。

ジョーにこの家を出ていく気はなく、なによりまずいことにクレアも出ていってくれと言いそうにない。信用できない最低男のところにクレアを置いてはいけない。だからこそ、この通りで果たすぼくの役割がいっそう重要になってくる。こういう最悪のときこそぼくの出番なのだ。

その方法を考えるのが、ほとんど日課になった。マーガレットとアグネスと暮らした愛情に満ちた質素な家を出てから、生き残りをかけた攻防を強いられ、ようやく主に暮らす家二軒と一時的に過ごす家二軒を手に入れた。それなのにいきなりすべてがめちゃくちゃになってしまった。ぼくはただの猫なのに。こんなにややこしい状況に太刀打ちできるはずがない。

Chapter 27

嬉《うれ》しいことに、ようやくみんなが帰宅する日がやってきた。二十二番地へ行くと、窓越しにポリーが見えた。眠っているヘンリーを抱いている。フランチェスカと息子たちもいる。

窓枠に飛び乗ると、アレクセイが嬉しそうに「アルフィー！」と叫んだ。フランチェスカに声をかけられたポリーが玄関をあけてくれた。

ぼくは大歓迎を受けた。アレクセイと弟のトーマスがぼくを撫《な》でまわす。トーマスは最後に会ったときより大きくなった気がした。フランチェスカは満面の笑みを浮かべ、ポリーでさえぼくに会えて少し嬉しそうだった。それに以前より幸せそうだし元気に見える。いつもあった目の隈《くま》もない。

「会いたかった、会いたかったよ」アレクセイが何度もくり返した。ぼくはすごく嬉しくて、泣くことができたら嬉し泣きしていたと思う。その日の午後は、ずっとにやにや笑いが止まらなかった。

「帰ってきて気分はどう？」ポリーがフランチェスカに尋ね、ヘンリーをベビーベッドにおろして飲み物を用意しに行った。

「大丈夫よ。実家に行って家族に会えたのは、すごく嬉しかった。でも夫に会いたかったし、息子たちも寂しがっていたから、もうここがわたしたちの家みたい。また実家を離れるのは悲しかったけれど、帰ってこられて嬉しいの。わかってもらえる？」

「ええ。わたしもあなたに会えて嬉しい。でもわたしは帰ってきたくなかった。もちろんマットに会えなくて寂しかったけれど、ヘンリーの世話を母に手伝ってもらえるのがありがたかったの。気持ちが楽になってきたときでさえ、ここより向こうのほうが安心できたわ。あんまりな話よね。あなたみたいにロンドン暮らしに慣れなきゃいけないとわかってはいるんだけど、本気で帰ってきたくなかったわ」また悲しい顔になっている。

「ポリー、同情するわ。でも、そういう話をマットとするべきよ」

「話してもしょうがないわ。彼の仕事が大事だもの。実はわたし、モデルをしてたんだけど、ヘンリーがいるからもうできないわ。またやりたいわけじゃないのよ。でもだから将来のためにいちばんいいのは、ここにいることなの。マットの職場はこっちなんだもの。マンチェスターにいたころよりお給料がいいだけでなく、チャンスもはるかに多い。わたしがもっといい母親だったら、どんなによかったかしら」

「まあ、ポリー、あなたはよくやってるわ。母親は大変な仕事だもの。わたしもさんざん苦労したわ。いまは息子たちが多少大きくなったから楽になっただけよ。お母さんにここへ来てもらったらどう?」

「ここの広さを知ってる? もちろん知ってるわよね、あなたの家と同じだもの」笑っている。いい兆候だ。

「たしかに部屋がないわね。とにかく、お互いなんとか頑張りましょう」

「そうね、フランキー。あなたはりっぱにやってるわ」

「そうでもないのよ。出かける前は黙っていたけれど、ポーランドに帰ったのは……トーマスに言われたからなの。通りで会った人にひどいことを言われたのよ。わたしがうっかりポーランド語でアレクセイに話しかけたのを聞いて、〝お金と無料《ただ》の暮らしだけが目当ての外国人は、国に帰れ〟と言われたの」

「ひどい」これで出かける前にフランチェスカが話していたことと、泣いていた理由がわかった。気の毒に。

「ええ、でも言ったのは不良でも、ち、ち……なんて言ったかしら?」

「ちんぴら?」

「そう、それでもなかった。年配の女性だった。髪の白い。会うたびに言われたわ。無料でものをもらったりしてないのに」

「もちろんよ。そんな人の言うことに耳を貸しちゃだめ。偏見を持つ人はどこにでもいるけれど、心が狭いだけなんだから」

「子どもたちも同じことを言われるんじゃないかと思うと、辛《つら》いの」

「夏の終わりに学校が始まれば、アレクセイも大丈夫よ。たくさん友だちができるから、あなたが心配してるようなことにはならないわ」前向きに励ますポリーを見るのは不思議な気がした。いつもは逆なのに。

「ありがとう。あなたに会って希望が持てたわ。あなたみたいな人がふつうなのよね。あの女の人が特別なだけで」

「いつもはあなたが励ますほうなのに」またしてもぼくの心を読んだようにポリーが言い、フランチェスカを抱きしめた。

ぼくは胸がいっぱいになった。ふたりのあいだにすてきな友情が芽生えるのに手を貸した気がして、それはどうにかやり遂げた唯一のいいことだった。クレアを失いそうな不安と、フィリッパが戻ってきたらジョナサンともいまほど親密ではいられなくなるんじゃないかという心配を抱えているぼくは、この事実に懸命にしがみついた。これを思いだせば、悲しくなったときも笑顔になれるはずだ。

子どもたちにお茶を飲ませるためにフランチェスカが帰ったのをきっかけに、ポリーの家を出てクレアのところに戻った。でもクレアの姿はなかった。やっと仕事帰りに遊びに行く気になってくれたのかもしれない。ジョーがソファに寝転がっていたので、ぼくは急いで外に出てジョナサンの家へ向かった。

猫ドアをくぐったとたん、どきりとさせられた。キッチンのテーブルに置いたパソコンの前にフィリッパが座っている。珍しくワンピースを着ていた。かなり頑張っておしゃれをした感じだが、ジョナサンが留守のあいだにどうやって入ったんだろう。ぼくは大声でミャオと鳴いた。

「やだ、驚かさないでよ」フィリッパがびくっとして文句を言った。「帰宅のお祝いは猫抜きでやりたかったのに。シッシッ！」

〝帰宅〟ってどういう意味だ？ ここはフィリッパの家じゃない。ぼくはパニックになった。まさかジョーみたいにここに引っ越してきたとか？ ぼくは居間へ走り、肘掛け椅子の下にもぐってジョナサンを待った。

「ただいま！」玄関をあけたジョナサンが叫んだ。

「キッチンよ」フィリッパが応えた。ぼくはキッチンへ向かうジョナサンを追いかけた。フィリッパが勢いよく立ちあがってジョナサンの首に抱きつき、キスをした。ジョナサンの命を吸い取ってるみたいに見える。ぼくはジョナサンの脚に体をこすりつけ、今週はずっとぼくが親友だったことを思いださせようとした。

「ぼくが大好きなふたり。いや、ひとりと一匹だな」ジョナサンがおどけ、かがんでぼくを撫でた。

「猫なんてほっといて、わたしだけを見て。それより二階に行きましょうよ――埋め合わせをしたいわ」

「その前に、こいつの食事を用意させてくれ」それを聞いてぼくは嬉しくなったが、フィリッパの目がつりあがった。ジョナサンがボウルにエビをよそい、フィリッパと二階へ向かった。負けは認めるが、とりあえずエビはもらえた。

かなり時間がたってから、ふたりがおりてきた。フィリッパはジョナサンのTシャツを着て、ジョナサンはバスローブを着ている。

「なにを食べたい？」ジョナサンが訊《き》いた。

「あなた以外に？」笑っている。様子がおかしい。きっとクレアのようにワインを飲みすぎたんだろう。でも飲んだところを見ていない。

「カレーを頼んだら？　好きでしょう？」フィリッパがつづけた。「シャンパンを買ってきたからあければいいわ」

「いいね」なにを食べるか相談してからジョナサンが電話で注文し、シャンパンをあけてほっそりした上品なグラスに中身を注《つ》いだ。

「乾杯しましょう」フィリッパが言った。

「なにに？」

「わたしたちと、わたしがあなたと一緒に暮らそうと思っていることに」ぼくがなにも飲んでいないのは幸いだった。飲んでいたらむせていたところだ。

「え？　一緒に暮らす？」ほっとしたことに、ジョナサンもいささか驚いている。「でもつきあってからまだそんなにたってない」

「ええ、でも知りあってからは何年もたつんだから、べつにかまわないでしょう？　わたしたちうまくいってるし、お互いの年齢を考えたら先送りにする理由がないわ」

「ちょっと急すぎるよ、考えたこともなかった。そういうことは、話しあって決めることだろう？」戸惑っているのか震えあがっているのかわからない。でも、ぼくは間違いなく震えあがっていた。一直線に運気がさがっていくのがわかった。

「ねえ、典型的な男の反応はやめて。いい？　離れているあいだ、わたしは無性にあなたに会いたかった。つきあうようになってから、ずっと一緒にいるじゃない。とうぜんのステップよ」

「でも……」

「たしかにつきあいだしてからはまだ二カ月だけど、わかるときはわかるのよ！　ジョニー、あなたは四十三だし、わたしももうすぐ四十になる。どちらも仕事がうまくいっているし、教養があって見た目も悪くない。どうして先送りにする必要があるの？」この自信は敵ながらあっぱれと言わざるをえない。フィリッパは自分がほしいものをよくわかっている。

「うーん、困ったな」ジョナサンは泡立つ飲み物に口をつけていない。しかも少し青ざめているようだ。

「わたしじゃだめなの？」

「違う。きみのことは好きだ。迷ってるだけだよ。そもそもどこに住むんだ？」質問することができてほっとしている。

「まあ、ここじゃないことは確かね。ここもすてきだけれど、郵便番号がよくないもの。ケンジントンにあるわたしのアパートなら、わたしたちにふさわしいと思うわ」

「きみのアパートがいいところで場所もいいのは知ってるが、ぼくはここが気に入ってるんだ」自分の家をけなされて少し傷ついている。初めて会ったころ、あんなにふてぶてしくて自信たっぷりだったジョナサンが、どうしてこんな女性と一緒にいたいと思うんだろう。たしかに見た目は悪くないが、人柄は最悪だ。

「それはわかるわ。でも、ここはロンドンからちょっと遠くて不便だと言いたいだけよ。それに、家族向けに貸せば、いい家賃収入になるわ」

「でも引っ越してきたばかりだ」

「ジョナサン、いったいどうしたの？　ケンジントンの高級アパートで、わたしと四六時中一緒にいられるのよ？　想像してみて、おしゃれな生活ができるし、それはわたしたちのキャリアにもプラスになるはずよ。だって、ここはお客さんを呼ぶのにはあまりふさわしくないもの。高級住宅街とは言えないでしょう？」

「もういい、フィリッパ」ジョナサンが鋭く答えた。「言いたいことはわかった。とにかく、きみのアパートに引っ越す決心がつかない」

「なに言ってるの。引っ越すのがいちばんいいに決まってるわ」自信が微塵《みじん》も揺らがないのは、たいしたものだ。

「きみのことは本当に好きだし、一緒にいると楽しい。いまのままじゃだめなのか？　せめてしばらくのあいだ」泣きつく口調になりはじめている。ぼくは内心嬉しくなってきた。

これまでジョナサンは本気でフィリッパが好きみたいだった。でも、ジョーといるときのクレアのようにおどおど怯《おび》えることはなかったにしても、正直言って、フィリッパはあれこれ指図しすぎだと思っていた。

「いいえ、ジョナサン、だめよ。わたしは身を固めたいの。三十九歳なのよ。今年はパートナーのポストを手に入れたいし、それには既婚者のほうが有利なの。少なくとも不安定じゃないほうが。わたしは結婚したい。四十一にならないうちに子どもがほしい。もう待てないの」

「ちょっと待ってくれ。どこからこんな話になったんだ?」ぼくは少しあとずさった。ジョナサンもあとずさっている気がする。「きみも言ったように、つきあいだしてから二カ月しかたってない。きみが出張するまでは楽しくやってたじゃないか。ディナーに出かけたりここで過ごしたりして、すごくうまくいってたけれど、こんな深刻な話をしたことはなかった。ニューヨークの出張から戻ったとたん、きみのアパートに引っ越して、結婚して子どもをつくろうなんていきなり言われても困るよ」弱々しく笑っている。

「どうして困るの? 理にかなってるわ。自分のことをよく考えて。シンガポールでは飛ぶ鳥を落とす勢いの企業に勤めていたのに、帰国したいまはかなりランク落ちする仕事につかざるをえなかった」

「改めて言ってくれて、ありがとう」浮かない顔をしている。ぼくはテーブルの下でジョナサンに近づき、脚に体をこすりつけた。

「わたしが言いたいのは、わたしにはすばらしい仕事と将来の展望があるの。あなたはわたしのサポートと自分のキャリアアップを同時にできる。申し分ないチームになるわ。わたしならあなたの引き立て役になれるし、それは逆も同じよ」

「ビジネスパートナーみたいな言い方だな」悲しそうにジョナサンがつぶやいた。

「そんなつもりはないわ。でも、もうわかってると思うけど、わたしはおとぎ話を信じるタイプじゃないの。とにかく、これがわたしの望みで、ほしいものは手に入れるわ」顔に決意がみなぎり、動じない目をしている。

しばらくふたりとも黙りこんでいた。ぼくはふいに、この計画が自分にどう影響するか不安になった。ケンジントンがどこにあるのか知らないし、ここからどのぐらい離れているのかもわからない。遠すぎてジョナサンに会えなくなるかもしれないと思うと、いてもたってもいられなかった。この家を借りる人間とここに留《とど》まるしかない。ジョナサンのことは大好きだけれど、クレアやフランチェスカの一家も大好きで、ポリーとマットにも好意を持ちはじめている。ジョナサンに行ってほしくない。毛並をおぞけがはいあがった。二度と会えなかったらどうする?

「アルフィーはどうする?」出し抜けにジョナサンが訊いた。ぼくは嬉しくて飛びあがりそうになった。

「うちはペット禁止よ」フィリッパがジョナサンに向かって険しく目を細めた。

「アルフィーを置いていけない」ジョナサンが冷たく言い放った。

「もう、いい加減にして。猫の飼い主が変わるのは、よくあることじゃない。あなたが見つけてやればいいわ、広告を出せばいい。そもそもあなたの猫でもないんでしょ」

「フィリッパ、ほんとになんとも思わないのか? アルフィーはぼくの猫だ。ぼくはこいつを愛してる」

毛並が温かくなった。ジョナサンもぼくを愛してくれている。ぼくはフィリッパに向かって思いっきりシャーッと言ってやった。

「憎たらしいドラ猫ね」フィリッパがキンキン声を張りあげた。「わたしになにをしたか見たでしょう?」怒り狂っている。

「ああ、悪口を言うからだ」ジョナサンが真顔で答えた。

「お願いよ、ジョナサン。この猫はこの家に住みついてただけで、あなただってろくに知らないじゃない。あなたのイメージが悪くなるわ。正直に言わせてもらえば、こんなのただのドラ猫よ」

「こいつとのつきあいはきみより長い」ジョナサンの口調は冷静だ。「帰国したばかりのころ、ぼくはかなりすさんでいた。こいつのおかげで救われた気がしている」ぼくは誇らしさで胸がいっぱいになった。ジョナサンを救ったんだ！　本人が認めた。

「救われた？」

「孤独だったとき、そばにいてくれた」告白していることに、ジョナサン自身どこか驚いているようだ。ぼくは認められて有頂天になった。

「わかったわ、口も利けない動物にそこまで大人げない態度を取るなら、わたしが思ったような男じゃないってことね。帰るわ、ひとりで頭を冷やしてちょうだい」

フィリッパが立ちあがってジョナサンをにらみつけ、二階へ荷物を取りに行った。怒った足音や荒々しくドアを閉める音が聞こえたが、ジョナサンは動こうとしなかったし、ぼくも動かなかった。体を丸めてジョナサンの脚にもたれていた。

やがてフィリッパが現れ、玄関で足を止めた。

「後悔するわよ。わたしより猫を選ぶなんて、ばかもいいところだわ。負け犬なのもとうぜんね」これまで会ったどんな猫より敵意に満ちている。

「さよなら、フィリッパ」ジョナサンがとげのある口調で返し、ぼくたちはフィリッパが力任せに閉めたドアが震えるのを見つめていた。

「まさかこんなことになるとはな」しばらくしてからジョナサンが口を開いた。「参ったよ。気の置けない楽しい恋人だと思ってたのに、頭がいかれた女に変身するなんて」できるものなら、ぼくは一度もフィリッパを楽しい人間だと思ったことはないと言ってやりたかった。「でもまあ、どうやら運よく逃れられたみたいだ。アルフィー、またおまえに助けられたらしい」

ぼくは得意になって喉を鳴らした。嬉しくて、礼には及ばないと伝えたかった。力を合わせて悪い魔女を追い払ったのだ。しかもおまけがある。ジョナサンはまだちょっと呆然《ぼうぜん》としているけれど、悲しんでいるようには見えない。後悔して考えを変えないように祈るばかりだ。でもいまはジョナサンを信じるしかない。なんといっても信頼できる相手になったのだから。

「どうせすぐ理想の相手が見つかるさ」

その言葉で計画を思いだした。理想の相手は通りの先にいると叫びたかった。フィリッパを追い払ったんだから、あとはジョーを追い払って、クレアとジョナサンをくっつけるだけだ。その方法はまだわからないけど、成功すれば、ぼくは世界一幸せな猫になれる。理想のゴールに一歩近づいたと思うと、期待で胸が高鳴った。

Chapter 28

その夜はクレアの家に帰らなかった。ジョナサンをひとりにできなかったのだ。ぼくを裏切らなかったジョナサンに、ぼくも裏切ることはないと伝えたかった。

フィリッパが帰ったあとは一緒にテレビを見てから寝室へ行き、大好きなカシミアの毛布を使わせてもらった。そして、愛され求められる感覚とぬくもりに満たされるすてきな夢を見た。頭のなかがごちゃごちゃで不安ばかりの数週間を過ごしたあとだったから、とても救われた。久しぶりにぐっすり眠った。

翌日は休日だったけれど、早起きしてジョナサンの胸に乗り、そっとつついた。うめき声をあげて目をあけたジョナサンが、驚いた顔でやんわりぼくを押しのけた。仕返しにぼくもジョナサンの鼻をそっと叩《たた》いた。

「ああ、アルフィーか。驚かすなよ」ジョナサンが不満を漏らし、にっこりした。ぼくは嬉《うれ》しくなって、小言を言われたことなどどうでもよくなった。「そうか、腹が減ったんだな。わかったよ。先にトイレに行かせてくれ。そのあと朝食を用意してやる」ぼくは喜びの声をあげた。「フィリッパと別れないほうがよかったかもな、おまえのほうがよっぽど手間がかかる」ぼくがぎょっとしてジョナサンを見ると、笑い声が返ってきた。「冗談だよ。すぐ行くから下で待ってろ」

ジョナサンが寝室につづくバスルームに駆けこんだので、ぼくは階段をおりて朝食を待つことにした。

ゆっくり朝食を食べたあと、ジョナサンがジムへ行くと言いだしたので、ぼくはクレアの様子を見に行った。なにを見ても驚かないと覚悟を決めた。最後に会ってからジョーがどこまで図に乗ったか知れたものじゃない。

家に入ると、クレアが豪華な朝食をつくっていた。

「どこにいたの？」クレアが言った。「心配してたのよ、アルフィー」ぼくは悲愴《ひそう》な顔をしているクレアの素足に体をこすりつけた。

どうして人間は不幸せでも環境を変えようとしないんだろう。ジョーに幸せいっぱいにしてもらってないのは明らかなんだから、追いだせばいいのに。ぼくはかがんで撫《な》でようとしたクレアの鼻をやさしく舐《な》めた。くすぐったそうな声が、笑い声が絶えて久しい家に心地よく響いた。

クレアはひどいありさまだった。この家に引っ越してきたころみたいに痩せて顔色が悪く、目のまわりに隈《くま》ができて口元もこわばっている。

「朝食は？」キッチンの戸口にジョーが現れた。トレパンに薄汚れたTシャツを着ている。

「もうすぐよ。持っていくから座ってて」クレアが皿に料理を盛りつけて居間へ運び、小さなテーブルに置いた。ジョーが椅子に腰かけ、無言で食べはじめた。

「おまえは食わないのか？」クレアが立ったままでいることにようやく気づいたらしい。

クレアがマグカップを手に腰をおろした。

「コーヒーだけでいいわ。おなかが空《す》いてないの」

「偉いじゃないか、太りたくないってわけか？」ジョーがせせら笑い、また食べはじめた。

この最低男が日に日におぞましさを増していくことにいつも驚かされる。クレアがここまでやさしくしているんだから、なおさらそう思う。ジョーの皿は山盛りで、食べ方も下品だ。顎に垂れた卵の黄身を手でぬぐっている。クレアを見ると、そんな態度に耐えかねているのが見て取れた。またしても胸が張り裂けそうになったけれど、どうすればいいのかいっこうにわからなかった。

数時間後、後片づけを終えたクレアがぼくに目玉焼きを少しくれてから家のなかをきれいに片づけたころ、ジーンズとシャツに着替えたジョーが一階におりてきた。こぎれいになった姿はほとんどふつうに見える。でもぼくの目はごまかせない。

「出かけるの?」蚊の鳴くような声でクレアが尋ねた。

「言っただろう、ギャリーの誕生日だから、ボーリングをしたあと飲みに行く」

「ああ、そうだったわね、うっかりしてたわ」

「起きてなくていい」

「楽しんできてね」クレアがにっこりほほえんだが、ジョーは笑みを返さなかった。

「ああ。そうだ、三十ポンド貸してくれないか? ほんの数日のあいだでいい。未払いの給料がまだ入金されていないんだが、今週中には間違いなく払うと言われてる」

嘘だ。ジョーはこれからもずっとなんのお返しもせずにクレアに金をせびるつもりでいる。引っかいて噛《か》みついてやりたいが、そんなことをしても事態を悪くするだけなのはわかっていた。

クレアがバッグからお札を三枚出した。ジョーは差しだされたお金をちらりとも見ずに取ると、お礼も言わずにポケットに入れ、行ってきますのキスもせずに出ていった。

ジョーを見送るクレアは自分になにが起きているかわからない顔をしていて、事実わかっているとは思えなかった。最初はとても魅力的に見えた男が、いったいどういういきさつでこの家に居座ってクレアの食べ物を食べているのか、クレアからお金をもらっているくせにどうしてやさしくしてくれなくなったのか、わからないに違いない。なぜこんな事態を招いたのか自分でもわからないと顔に書いてあるけれど、どうしていいのかもわからないようだ。

ぼくは二階へシャワーと着替えをしに行くクレアを絶望的な気分で見つめ、少しでも力になろうとあとを追った。いまのぼくにはそのぐらいしかできない。シャワーを浴びたクレアは幾分顔色がよくなったものの、入念に掃除を始める姿には悲愴感が漂っていた。チャイムが鳴り、クレアがあけた玄関の外にターシャがいるのを見たときは心底ほっとした。ぼくはターシャに駆け寄り、胸に飛びついた。会えたのが嬉しくてたまらなかった。ジョーが来てからめったに会えず、すごく寂しかったのだ。ターシャならクレアをどうすればいいかわかるかもしれない。

「来るなんて聞いてないわ」クレアがいぶかしげに友人を見た。

「ごめんなさい。近くまで来たものだから。入ってもいい？」クレアがうなずき、脇に寄った。なにか変だ。どちらも以前のように心のこもった挨拶をしない。「ジョーはいるの？」

「いいえ、出かけてるわ。コーヒーでも飲む？」

「ええ、お願い」ふたりでキッチンへ行き、クレアがコーヒーの用意を始めた。「クレア、大丈夫なの？」ターシャが訊《き》いた。

「大丈夫よ、元気にしてるわ」クレアが身構えている。

「もう一カ月以上オフィスの外で会ってないわ。わたしたち、友だちだと思ってた」

クレアがうなだれた。「友だちよ。いまはジョーがいろいろ大変な時期なの。でも、わたしはほんとに大丈夫」

「なにも食べてないように見えるわ」

「ダイエットしてるだけよ」

「痩せてるのが好きなの」

「ダイエットなんて必要ないじゃない」

「痩せてるのが好きなの」声にとげがある。

「クレア、初めて会ったころのあなたもこんな感じだったわ。前のご主人にひどい目に遭わされたけれど、だんだん立ち直りはじめていた。ふたりでいっぱい笑ったのを覚えてる？　あなたは仕事も読書仲間とのおしゃべりも楽しんでいたわ」

「ターシャ、言ったでしょう、わたしなら大丈夫だって。ちゃんと幸せになろうとしてるわ。いまはただジョーの仕事が大変な状況で、力になる必要があるだけ。彼にはわたしが必要なの」ジョーについて語る顔に決意がみなぎっている。

「でも、あなたはわたしに話しかけなくなったわ。読書会にも来ないし、一緒に出かけようと何度誘っても毎回断る。オフィスでは、うつむいてわたしを避けてる。どうして?」

本気で怒ると同時に心配もしている。ぼくは態度で気持ちを伝えようと決意し、ターシャの腕に飛びこんだ。ターシャは正しくて、なにかする必要があるんだと言いたかった。伝わったかどうか定かでないが、わかったというように抱きしめてくれた。

「避けてなんかいないわ、ターシャ、考えすぎよ。大丈夫だって何度言えば気がすむの?」ぼくはふたりを見た。どちらも譲歩する気はないらしい。そっと床におろされたぼくは、ターシャがクレアの目を覚ましてくれるように祈った。

「あなたはまともにジョーを紹介してもくれないじゃない。一緒に出かけようと誘うたびに、あれこれ言い訳する。原因はあなたなの?　それともジョー?」

「どっちもよ。ジョーはいま仕事のせいで苦しい状況に陥ってるし、わたしが力になってあげなきゃいけないことは、あなたもわかってくれてるんだと思ってたわ」

「いいわ。あなたに殺されてもいいから、思いきって言うわよ。ジョーがここに引っ越してくるまで、あなたはろくに彼のことを知らなかった。あれはいつだった?　一カ月前?あの男があなたをドアマットみたいに扱ってるところは、みんな見たわ。仕事のトラブルは自分が原因じゃないと言ってるみたいだけど、本気で信じてるの?　いまどき、理由もなくクビになる人なんていないわ。本人が言うとおり身に覚えがないなら、訴えてるはずよ」

「人事部や弁護士と話しているけれど、こういうことは時間がかかるのよ」クレアは反論したが、自信がなさそうだ。「それに引っ越してきたわけじゃないわ。わたしが力になれるように、泊まってるだけよ」

「間違いないの？　毎日ジョーに会うために急いで帰ってるみたいだけど」

「本当よ。ジョーはまだフラットを借りてるし、そもそもわたしが彼にここにいてほしいの」ぼくは納得できなかったし、それはターシャも同じだった。

「本気で言ってるの？　見る影もなくなってるのに？　会社のみんなもそう思ってるわ。みんな、あなたのことを心配してるのよ。飲みに誘っても来ない。メールしても一度も返信してこない。はっきり言って、ぼろぼろじゃない。もしそれで幸せのつもりなら、救いようがないわ」ターシャが声を荒らげ、怒りで顔を赤らめた。ぼくはそのとおりだと叫びたかったが、黙ってふたりを見つめていた。

　クレアは嘘をついている。ターシャにも、おそらく自分自身にも。ぼくが知る限り話題になったことはないけれど、ジョーが事実上ここに住んでいるのは明らかだ。

「ターシャ、心配してくれて感謝してるわ。でも自分の生き方は自分で決める。最低の結婚を経験して、わたしのことを求めてくれる人なんてもう現れないと思ってた。でもジョーは違ったの。それだけじゃなく、彼にはわたしが必要なの。辛《つら》い時期にわたしの支えを求めてる。わたしは彼を愛してるし、ジョーもわたしも幸せよ。あなただろうがだれだろうが、急に来られたら迷惑だし、邪魔されたくないわ」

「あなたを大事に思ってるから、こういうことをしてるだけよ。あなただってわかってるでしょう？　心配なの」ふいにターシャが打ちのめされた悲しい表情になった。

「もう心配しないで」クレアの声は聞いたことがないほど冷ややかだった。「今日はやることがたくさんあるから、もう帰ってもらえないかしら」クレアがターシャに背を向けた。

ターシャがゆっくりキッチンを出ていく。

ぼくは手をつけていないコーヒーをシンクに流すクレアを見てからターシャを追って外に出た。そして門によりかかっているターシャのところへ行った。

「ああ、アルフィー、どうしてあの男は質《たち》の悪いヒモだってことがクレアにはわからないのかしら」ぼくは首をかしげた。ターシャがしゃがみこみ、面と向かって話しかけてきた。

「あいつは悪い男よ。わたしにはわかる。でも、どうすればいいの？　クレアは耳を貸そうとしない。なんとかあいつが本性を現すように仕向けられないかしら」ぼくは反対側に首をかしげて問いかけた。「こういう例は見たことがあるの。男が原因でこんな変わり方をした女性は、たいていなんらかの虐待を受けてるのよ。あなたはわたしより現場を見てるでしょう？　一緒に暮らしてるんだもの。あなたが口を利けたらいいのに。いやだ、わたしったら猫に話しかけたりして」ターシャが自嘲混じりに笑った。「悪く思わないでね、アルフィー、わたしたちにはどうしようもないわ」

人間に見くびられるのは不愉快だが、今回はターシャが正しい。解決策はなにひとつ思いつかない。でもフィリッパの問題が解決したのはある程度ぼくの手柄だと自負しているから、なにか思いつくかもしれない。ぼくは〝ジョーが本性を現すように仕向ける〟と言ったターシャの言葉を頭のなかで何度もくり返し、アイデアがひらめくよう祈った。

猫ドアをくぐって家のなかに戻ると、クレアが悲愴な顔で居間のテーブルに座っていた。ぼくはテーブルに飛び乗り、やさしく鼻を舐めて猫のキスをした。クレアは悲しそうにほほえむだけで、ぼくをおろそうとはしなかった。まずい兆候だ。

「ときどき、わたしを責めないのはあなただけの気がするわ」ぼくは喉を鳴らした。本当は言いたいことがあるけれど、いまは味方になってあげないと。「アルフィー、愛してるわ。でも買い物に行かなきゃいけないの。心配しないで、おいしいものを買ってきてあげる」

クレアが疲れきった様子で立ちあがり、ぼくをテーブルに残したまま出かける用意を始めた。

そろそろジョナサンがジムから帰ってくるはずなので、様子を見に行った。できればあとで二十二番地にも寄りたいが、あまり長くクレアと離れたくなかった。クレアが心配で気が気ではなかった。電話中だったジョナサンが、電話を切ってぼくににっこりした。

「会社の仲間と自由を取り戻したお祝いをしてくるよ」おどけている。「出かける前にサーモンをやろう。起きて待ってなくていいぞ」ジョナサンが笑い、ぼくも一緒にミャオと鳴いた。するとジョナサンがぼくを抱きあげ、くるくるまわった。

「なあ、アルフィー、人間ってのはおかしな生き物だな。どうしても彼女がほしくて、フィリッパにあれこれ指図されても我慢してたんだ。でも実際は、彼女がいないほうが気が楽になってる。やっとわかったよ！」また笑っている。クレアもわかってくれたらいいのに。ジョナサンの言うとおりだ。これまで以上にすごく感じがよくなっていて、もしかしたらフィリッパみたいにいやなやつとつきあったからこそ、ぼくとのあいだのかけがえのない絆《きずな》に気づいたのかもしれない。

そういえば、マーガレットが人間の成長の仕方について話していた。まっすぐ成長する人もいれば、道を誤る人もいるけれど、人間は進化するし変化をくり返す。りっぱな人間になるには悪いことに耐えなければいけないこともあると聞いても、当時は意味がわからなかったけれど、自分が悪いことに耐えたいまなら理解できる。ぼくは若造だったけれど、大急ぎで成長する必要に迫られ、辛い経験を通して多くを学ぶしかなかった。ありがたくない経験もあったとはいえ、これからはそれが役に立つはずだ。ジョナサンも成長したが、クレアはかわいそうに無気力になっている。どうかいまのクレアはマーガレットが話していた道を誤っている状態で、またまっすぐ成長しはじめてくれますように。

どの家族も万事順調でいられるようにしたいのに、猫一匹には荷が重すぎた。

Chapter 29

その夜、クレアとぼくは夜中に帰宅したジョーに起こされた。ジョーは気味が悪いほどクレアにやさしくて、いやらしく触ったりキスしたりしたので、ぼくは蹴飛ばされないうちに退散した。

ジョナサンのところへ戻ったけれど家は空っぽで、またしても朝になっても帰る気配がなかった。よりによって、どうしてこんな人間ばかり選んでしまったんだろう。

ピンポン球になった気分でクレアの家に朝食を食べに戻った。驚いたことに、クレアとジョーが笑顔で朝食を食べていた。クレアもごくわずかながら食べ物を口に運んでいる。ただ落ち着きなく唇を噛《か》んでいた。

「ジョー、ちょっと訊《き》いてもいい?」クレアがおずおず切りだした。ジョーがうなずく。

「あのね、あなたがここに来てから一カ月以上になるでしょう? 引っ越してきたみたいになっているけど、まだそういう話はしていないと思うの」ジョーの目つきが険しくなった。

「おれがいたら迷惑だって言いたいのか？」

「違うわ、そんなこと言ってない。ただ、あなたの仕事やフラットのことも、なにがあったかもきちんと話しあっていないわ。わたしたち、一緒に暮らしてると思っていいの？」

不安そうで怯《おび》えている。

「クレア、訊きたいと思ってはいたんだ。でも断られそうでできなかった。情けない話だが、フラットは引き払った。仕事のごたごたで収入が減ったうえに、相談している弁護士に料金を前払いしろと言われたんだ。家賃を払う余裕がなかった」ジョーが両手で頭を抱えた。「怖くて話せなかったんだ」クレアが呆然《ぼうぜん》としている。状況をまったく理解できないのだ。

「住むところが必要なら、ここに住めばいいわ。言ってくれればよかったのに。わたしはあなたを責めたりしない、愛してるもの」

「ありがとう、クレア。もちろんきみと暮らしたいよ。今週中に残りの荷物を取りに行ってくる」クリームを舐《な》める猫みたいな顔をしている。「きっとなにもかもうまくいくさ。仕事やもろもろの問題が解決したら、いろんなことをきちんと決めよう。ほら、請求書の支払いなんかのことを」

ぼくは煙に巻かれた気分だった。よくもこんなことができるものだ。ジョーは嘘をついている。二週間前にフラットを引き払い、荷物は友だちに預かってもらっている。電話でそう話していた。ジョナサンがフィリッパにしたように、クレアもジョーを追いだしてやればいいのに。でもクレアは判然としない顔をしながらも、にっこりほほえんだ。

「ええ、ぜひここに引っ越してきてちょうだい。もうそうなっているのか確かめたかっただけよ」

「まさか。きみに訊かずにそんなことできるわけないじゃないか。よし、今日はなにかすてきなことをやってお祝いをしよう」

「ナショナル・ギャラリーでどうしても見たい特別展をやってるの」ためらいがちにクレアが言った。

「じゃあ、見に行こう。今日はすべてきみ次第だ。なんでもきみがやりたいことをやろう」ジョーが前に乗りだしてクレアにキスした。こんな姿を見るのは久しぶりで、なぜそんな気になったのかわからなかった。クレアの見た目や心がどれほどひどい状況になっているか気づいたのかもしれないし、今度こそ本気で気遣っているのかもしれないけれど、ぼくはまだかなり疑っていた。

「嬉《うれ》しいわ。胸がいっぱいよ」クレアが明るく笑った。

「きみが幸せでいてくれたら、それでいい」ジョーがきっぱり答えたが、ぼくには本心じゃないとわかっていた。

ぼくはのんびりと二十二番地へ向かった。日差しが戻って気持ちのいい陽気だったので、ひと波乱あったわりには足取りも軽かった。

二十二番地に着くと、両家族が山のような荷物を持って前庭に集まっていた。フランチェスカもポリーも夏服で、男性陣と子どもたちは短パンにTシャツ姿だ。みんな浮き浮きと楽しそうにしている。

「アルフィー」アレクセイが歓声をあげて駆け寄ってきた。「ピクニックに行くんだ」

「やあ、アルフィー」父親のトーマスもやってきてぼくを撫《な》でた。

「アルフィーも一緒に行ける？」アレクセイが期待をこめて訊いた。

「だめだよ、電車で行くし、猫は電車に乗れないからね」

「海に行くんだよ」アレクセイが説明してくれたが、ぼくが行けないと知って残念そうにしている。

ぼくも残念だった。行けたらいい気晴らしになっただろう。楽しそうに荷物をまとめるみんなを見ているうちに、わくわくするにおいが漂ってきた。ツナだ。大好物のツナ！

においをたどっていくと、いちばん大きなバッグにぶつかった。ブランケットと包んだ容器がいくつも入っていて、中身はツナに間違いなかった。もっとよく見ようと頭を突っこんだはずみで、バッグにすっぽり入ってしまった。そこはふわふわで居心地がよく、いいにおいがした。

　思いっきり魚のにおいを吸いこんでから外に出ようとした瞬間、トーマスの手がバッグをつかんで車に積んでしまった。走りだす車のなかでぼくはどうしていいかわからず、じっとしていた。最初はパニックになって大声をあげそうになったけれど、家族といることを思いだした。それに、これでどうやら海へ行けそうだ。

　声を出してはいけないことはわかっていたが、いずれにしても電車に乗るころには眠りこんでいた。床に置かれたバッグのなかで体を丸めると、気持ちのいい揺れで夢の世界へ運ばれた。

　電車が止まり、また持ちあげられたのがなんとなくわかった。そしてやかましい場所で地面におろされた。恐る恐る外をのぞいてみたが、脚がたくさん見えただけだった。あたりのにおいをくんくん嗅いでいる犬がいたので、また隠れた。

　それからは運ばれたり車に乗せられたり、また運ばれたりして、ついに動きが止まった。上のほうが暖かく、おなかを空《す》かせたカモメの鳴き声と人間のざわめきが聞こえた。マットとトーマスがデッキチェアの並べ方を相談し、フランチェスカが食べ物を出そうと言っている。ぼくはフランチェスカがあけたバッグから飛びだした。口が利けたら〝驚いた？〟と言っていただろう。

一瞬みんな唖然《あぜん》としていたが、すぐにアレクセイがはしゃいだ声をあげると弟のトーマスもそれに加わり、ぼくが挨拶しにベビーカーに近づくとヘンリーまでくすくす笑いだした。フランチェスカがぼくを抱きあげた。

「こっそりついてきちゃったのね」みんなが笑い、久しぶりにみんなの笑い声を聞いたぼくはたちまち喜びに包まれた。また家族にいいことをした気分だった。

「遠くへ行くなよ、アルフィー」笑い声が収まると、マットが強い口調で言った。「家からかなり離れてる、そばにいろ」ぼくはむっとした。ぼくをだれだと思ってるんだ？

ピクニックはとても楽しかった。ぼくはブランケットの端に座ってまぶしい日差しに目をすぼめ、たまに食べ物を少し分けてもらいながらあたりを眺めた。大勢の人がぼくを指さしていた。どうやら猫がビーチに来ることはあまりないらしい。ぼくも波打ち際へ遊びに行くみんなに加わるつもりはなかった。池の記憶がありありとよみがえり、海に近づく気になれなかった。だからみんなが――ヘンリーでさえ――海へ行っても、ポリーとビーチに座っていた。

それまで楽しそうにしていたポリーの瞳に、ひとりになったとたん憂いが戻った。隣に座るぼくをぼんやり撫でているが、心はここにない。ビーチでぼくの隣に座っていても、心はどこかほかのところへ行っている。

どうすれば力になれるのだろう。それがわかるまで、ぼくはポリーに寄り添って丸くなり、大好きだと伝えようとした。

しばらくそうしていると、みんなが水をしたたらせて戻ってきた。

「アルフィー！」アレクセイが近くで体を揺すった。ぼくは悲鳴をあげて飛びのいた。

「猫は水が嫌いなんだよ」マットが説明して、ぼくにウィンクした。

「ごめんね」アレクセイが謝り、ぼくは喉を鳴らして許してやった。

みんなで楽しい午後を過ごした。どちらの家族もとても幸せそうだった。よく笑い、楽しそうな姿を見ると胸がいっぱいになった。空ではカモメが鳴いていた。日差しは強かったけれど、我慢できなくなるとヘンリーのベビーカーの影に入った。アレクセイは弟とそこらじゅうにある小石を集めていた。そのうちマットとトーマスがアイスクリームを買いに行き、なんとぼくにもひとつ買ってきてくれた。

初めて食べるアイスクリームは、この世のものとは思えないほどおいしかった。最初はあまりの冷たさにひるみ、鼻の頭に皺《しわ》を寄せてぶるっと身震いしたのでみんなに笑われてしまったけれど、もう一度試してみたら舌がとろけそうになった。まさにクリーミー！

ふいに大きなカモメが目の前に舞いおり、ぼくをにらみつけた。小さいほうのトーマスが悲鳴をあげたが、ぼくはすっくと立ちあがって精一杯自分を大きく見せ――それでも相手のほうが大きかったけれど――シャーッと威嚇した。カモメは襲いかかるか迷っているようだったが、もう一度威嚇してやると飛び去った。

「アルフィー、すごく勇敢」アレクセイがまたアイスクリームを舐めはじめたぼくを撫でてくれた。アレクセイには勇敢に見えたかもしれないが、内心は震えていた。あいつが襲いかかってきていたら、やられていたかもしれない。

「大丈夫だ、アルフィー。もしものときは、ぼくたちが助けてやる」大きいトーマスはそう言ったが、いくらトーマスでも腹を空かせて怒ったカモメと対等に戦えるか怪しい。猫のあいだでカモメは容赦ないことで有名だ。

太陽が沈みはじめると、そろそろ帰りましょうというフランチェスカの言葉を受けて子どもたちが着替えを始め、ゴミが集められて荷物がまとめられた。ぼくはヘンリーのベビーカーの下にあるバッグに入るように言われた。やってみると、うちまで運ばれるあいだゆったりくつろげたので、まったく気にならなかった。ぼくはほとんど眠りつづけ、アイスクリームの夢を見ていた。

二十二番地で荷物がおろされた。ぼくはみんなに別れを告げ、とぼとぼクレアの家へ戻った。

「どこへ行くんだろうな。本当の家はどこなんだろう」マットがつぶやき、みんな返事を待つようにぼくを見ていた。

Chapter 30

翌朝、いつもの見まわりをしてから二十二番地に遊びに行った。昨日みたいに子どもたちを笑わせて、一緒に海へ行ったときの楽しさをまた味わいたかった。みんなの暮らしに幸せをもたらすことができると思うと、胸がいっぱいになった。

フランチェスカかアレクセイに気づいてもらおうとしたとき、わめき声で足が止まった。初めて聞く変な声だった。窒息しかけた猫の声に少し似ているが、ポリーのうちから聞こえる。するとヘンリーが泣き叫ぶ声が響き、つづいてさっきの変な声もした。間違いない、ポリーのうちだ。

反射的になにをすべきか悟った。隣の玄関を必死で引っかいて大声で鳴きつづけ、フランチェスカを呼んだ。

「ああ、アルフィー、入って」フランチェスカが脇に寄ったが、ぼくは動かずにいた。フランチェスカが不思議そうにしている。「どうしたの？」ぼくは隣に行ってポリーの玄関の前に立ち、ミャオと鳴いた。フランチェスカがためらいがちにこちらへ歩きだした瞬間、またさっきの声が響き渡った。今度はフランチェスカにも聞こえたようだ。

「なんなの？」怯《おび》えて目を見開いている。「大変、だれか怪我《けが》をしたんだわ」フランチェスカは、すぐ戻るからとアレクセイに声をかけて玄関を閉め、ポリーの玄関に戻ってきた。

そしてチャイムを鳴らし、ドアを叩《たた》いた。延々待たされたように思えたころ、ポリーが玄関をあけてフランチェスカにヘンリーを差しだした。

「連れていって、お願い。もう耐えられない」陶器のように美しい肌に涙の跡がつき、髪はぼさぼさで見る影もない。

「ポリー」フランチェスカがやさしく声をかけ、ヘンリーを受け取って胸に抱いた。ヘンリーはたちまち泣きやんだ。

「連れていって。これ以上耐えられない。無理なの。わたしはひどい母親で、自分の子ども愛せないのよ」ポリーが床にくずおれ、両手で顔を覆ってすすり泣いた。

「ポリー」フランチェスカの声はやさしい。「ヘンリーにミルクをあげないと。おなかを空《す》かせてるわ」動物か幼い子どもにするようにゆっくり話しかけている。ポリーから返事はない。「さあ、玄関を閉めるわよ。マットに電話するわね。電話番号を教えてちょうだい」

「いいえ、だめ。電話しないで。こんな姿をマットが見たら、ぜったい許してもらえないわ。電話番号は教えられない」

ポリーがまた泣きだした。フランチェスカがすばやくポリーのうちに入り、ヘンリーのミルクと哺乳瓶を持って戻ってきた。それからポリーがいつも玄関の横に置いているバッグをつかみ、ヘンリーを連れて自分のうちへ戻った。でもどうしていいかわからないように怯えている。

ヘンリーのミルクを用意しながらトーマスに電話をかけていたが、ポーランド語で話しているのでぼくには会話の内容が理解できなかった。フランチェスカの声は少しうわずっていて、ヘンリーにミルクをやったり、異変を感じ取った息子たちを落ち着かせようとしているあいだも見たことがないほど不安そうだった。ぼくはアレクセイの気をまぎらすために遊ぼうとしたけれど、心配で遊ぶ気になれないようだった。

間もなく、トーマスが帰ってきた。

「医者に連れていったほうがいい」フランチェスカからポリーの詳しい様子を聞いたトーマスが言った。「急を要する事態だ。子どもたちはぼくが見てるから心配するな」トーマスが妻の体に腕をまわし、励ますように抱きしめた。

「仕事は？」

「今日はあまり忙しくないから、大丈夫だ」

「あなたのボスが友だちでよかった」

「心配するな。ぼくがよく働いているのはボスもわかってるし、よほどのことがない限り職場を離れないのもわかってる」

「そうね」フランチェスカが留守のあいだの子どもたちの世話について説明した。ヘンリーはソファでぐっすり眠っている。

「病院から帰ってきたら、マットに電話しよう」

「ポリーにしないでと言われたわ」

「でも彼女にはマットが必要だし、いまは頭が混乱しているだけだ。ゆくゆくは、マットに電話してもらってよかったと思うさ」

「電話番号を知ってるの？」

「ああ。ポリーを医者に診せるんだ。戻ったらマットに電話しよう」

ぼくはフランチェスカとポリーの家へ行った。玄関をあけると、ポリーはさっきくずおれた場所から動いていなかった。

「ポリー？」フランチェスカがそっと声をかけた。

「ヘンリーは大丈夫？」顔をあげもせずにポリーが訊《き》いた。

「ええ。ミルクを飲んで眠ってるわ。さあ、一緒に病院に行きましょう」

「どこにも行く気はないわ」

「行かなきゃだめよ。あなたを必要としている赤ちゃんがいるのに、病気なんだもの。病院に行かなければ治らないわ」フランチェスカがポリーの隣の床に腰をおろしたので、ぼくも隣に座った。

「きっと育児ノイローゼなのよ。よくあることだし、あなたもそうだと思うわ」

ポリーが顔をあげてフランチェスカを見た。「助けてもらえるの?」

「ええ、お医者さまに診てもらうの。そうすればきっとよくなって、ヘンリーを好きになれるわ」

「あなたにも経験があるの?」

「少しのあいだね、アレクセイのとき。ヘンリーより小さいころ、あの子を愛せないと思ったけれど、鬱になってるだけだった。薬をのんだら、思ってもいなかったほどあの子を愛せるようになったわ」

「でもヘンリーは四六時中泣いてるの。ときどきあの子の泣き声で頭の血管が切れそうになる。死ぬんじゃないかと思うけれど、それでもいいと思うほどなの」

「わかるわ。でも赤ちゃんは泣くものよ。あなたの気持ちが晴れれば、ヘンリーももっと機嫌がよくなるわ」

「あの子はもっといい母親といるほうが幸せになれるわ」

「ポリー、あの子の母親はあなただし、いまはそう思えないかもしれないけど、あなたはヘンリーを愛してる。ヘンリーもあなたが大好きよ。わたしもそうだった。母がなにか変だと気づいて、病院に行くように勧めてくれたの」

「週末、わたしの母もなにか言ってたわ。わたしの様子が変だと言って心配してた。引っ越しやマットの転職で疲れがたまってるせいだと思っていた。でも打ち明けられなかった、自分の子どもを愛せないなんて言えなかった。わたしはひとでなしだわ」

「病気なのよ、ひとでなしなんかじゃない。あなたは間違いなくヘンリーを愛してるわ。鬱のせいで実感できないだけ。わたしには痛いほどわかるの。助けてもらったとき同じ気持ちだったから。そういう女の人は大勢いるわ」フランチェスカがポリーの肩に腕をまわすと、ポリーが友人にもたれた。

「ありがとう。わたしだけじゃないって言われて、すごく気が楽になった。でもマットは――」

「マットもきっとわかってくれるわ。いい人だもの。でもまず病院に行って、力を貸してもらいましょう」

フランチェスカがポリーを立たせて靴を履かせ、バッグを持つように言って一緒に玄関を出た。子どもにするようにやさしくポリーに話しかけている。気持ちが楽になったぼくもふたりを追って外に出た。フランチェスカはポリーの玄関に鍵をかけたが、自分の玄関は閉めただけにしてあったから、ぼくは自由になかに入ることができた。

アレクセイがおもちゃを出してきたので、一緒に遊んでやると、少し元気を取り戻したようだった。

「ママ」とぐずりつづける小さいトーマスは、父親に抱っこされてビスケットをもらっていた。父親のトーマスは、フランチェスカのようにとても冷静で落ち着いている。ヘンリーに目を配りながら、幼いトーマスに本を読んでやっているが、息子はテレビに興味があるようだった。そのうち子どもたちに食事をさせ、ぼくにも魚をくれた。ぼくはポリーの無事を確かめるまで、みんなといるつもりだった。

ずいぶん待たされている気がした。さすがのトーマスもやきもきしはじめている。そのうちヘンリーが目を覚まし、トーマスにおむつを換えてもらった。小さいトーマスはベビーベッドで寝てしまっている。アレクセイは父親にあれこれ訊いていたが、ポーランド語なのでよくわからなかった。

さらに時間がたつとトーマスが心配顔になったが、ヘンリーのミルクをつくりはじめた。

手慣れた様子で三人の子どもの世話をこなしている。おおむね冷静で、騒ぎ立てることもなくとても手際がいい。こんなふうに子どもの面倒を見る父親を見るのは初めてだった。猫の父親はあまり子育てに参加しない。フランチェスカもかなり冷静だが、トーマスはそれに輪をかけて冷静だ。でも内心では気をもんでいるのがわかる。みんなそうだ。ぼくはトーマスの脚に体をこすりつけた。彼だって安心させてほしいはずだ。

そのとき、自分が程度の差はあれみんなの辛《つら》い時期を見てきたことに気づいた。ホームシックのフランチェスカ。悲嘆に暮れるクレア。孤独なジョナサン。ヘンリーや新居に悪戦苦闘するポリー。電話が鳴り、物思いが破られた。電話に出たトーマスがポーランド語で短く応えて電話を切った。そして真顔でどこかに電話をかけた。

「マット、隣のトーマスだ」短い間。「ヘンリーは大丈夫だ、ここにいる。でもポリーがよくない。フランチェスカが病院に連れていった」ふたたび間。「いや、もうすぐ帰ってくるが、ポリーを休ませなくちゃいけないから、だれかがヘンリーの世話をする必要がある」マットの返事を聞いて勢いこんでいる。「すぐ帰ってこられるか？　詳しく説明するが、辛い話だ。でも必ず解決する」

またたく間にマットが到着した。すぐさまヘンリーを抱きあげたが、心配で顔が青ざめている。

「どうお礼を言えばいいかわからないよ」お茶を淹《い》れはじめたトーマスにマットが言った。

「礼には及ばない。友だちがやることをしただけだ。だがマット、ポリーは深刻な状況だ。妻が気づいたんだ、いや、アルフィーが気づいた。ポリーはヒステリー状態になっていたらしい。だからヘンリーをここで預かって、病院へ行かせた。ずいぶん時間がかかったが、そろそろ帰ってくる」

「情けないよ、ぼくのせいだ。ヘンリーが生まれて間もないのに引っ越しをさせてしまった。いいことをしてるつもりでいた」目に涙が浮かんでいる。

「気持ちはわかる。うちも同じだ。うちの子どもたちのほうが少し大きいとはいえ、環境が激変したことに変わりはない。マット、自分を責めるな。これは病気で珍しいことじゃない。フランチェスカもアレクセイを産んだあと似たような状態になって、すごく心配した。でも助けを得て、いまは母親になったことを喜んで幸せにしている」

マットが頭を抱えこんだ。

「気づくべきだった。実家に帰ったあとはかなり元気になったように見えたし、フランチェスカに会ってから明るくなったから、全部引っ越しのせいだと思っていた。それに昨日はみんなで楽しい一日を過ごしたから、てっきり……。どうすればいいんだ。仕事は忙しいし、やめるわけにはいかない。お金がいる」いまにも泣きそうだ。

「マット、ポリーにはいい母親がいるんだろう？」

「ああ、とてもいい人だ」

「二、三日、来てもらったらどうだ？　ポリーに回復の兆しが見えるまで手を貸してもらうんだ」

「そうだな。すぐ電話してみる」少し気が楽になったらしい。「快適な折りたたみベッドがあるから、ヘンリーの部屋に置けばいい。ただ、うちはだれかを泊めるには少し狭い」

「そんなことはどうでもいい。とりあえずポリーの面倒を見てもらえる」マットが問題を解決してくれた相手を見るようにトーマスを見た。「時間がかかるかもしれない。ポリーは薬をもらったが、すぐ効果が出るものじゃない」トーマスが慎重に言い添えた。

「そうだな、でも少なくとも治療は始めることができた。ああ、ありがとう。とりわけおまえに感謝するよ、アルフィー。おまえのおかげで助かった」ぼくはマットに撫《な》でまわされて得意になった。誇らしくて嬉《うれ》しかった。行く先々でいいことをしている気がするし、今回はこれまででいちばんすごいことかもしれない。褒めちぎられているいまも、タイミングよくポリーのうちへ行ったのはたまたまついていただけだとは思えなかった。

　エドガー・ロードに来てから、物事は単純に進むとは限らないと思い知らされた。当初はジョナサンとクレアの力になれそうな気がした。でもいまのクレアはどうだろう。幸せにできていない。これからもクレアの力になる必要があるし、本人がそれを喉から手が出るほどほしがっている。でもどうすれば力になれるのかわかるまでは、ポリーの一家のそばにいよう。アレクセイはぼくから離れようとせず、状況をしっかり理解しているはずはないのに、異変を感じ取っていた。だから多少力が強すぎても、おとなしく抱きしめられていた。

「きみはぼくの親友だよ、アルフィー」アレクセイにそう言われ、ぼくは感動した人間みたいに泣きそうになった。マットたちの話が本当なら、ポリーの回復にはまだ時間がかかる。

しばらくしてから、フランチェスカがひとりで戻ってきた。

「ポリーは眠ってるわ。睡眠薬をすぐのむようにドクターに言われたの。ゆっくり休むようにって。今日はあんなことが――」

「あんなこと?」マットが心配そうに尋ねた。

「神経が参ってしまったのよ。あなたとヘンリーを愛してるのに、頭がぐちゃぐちゃになってるの。ドクターから応急用の薬をもらったけれど、ほかの人にも会わないと。カウンセラーに。ゆっくり休ませて、ヘンリーとふたりきりにしないようにしなきゃいけないわ。

プレッシャーがかかりすぎてるの」

「ポリーの母親に電話をしたから、明日来てくれる」マットが言った。「ぼくも二日休みを取った。会社はポリーが病気で、こっちに家族がいないことをわかってくれてる」

「わたしたちがいるわ」フランチェスカが簡潔に言った。

「ああ、きみたちがいなかったら、どうなっていたかわからない。本当にありがとう」

「お礼なんて必要ないわ。ポリーとヘンリーの面倒を見てあげて。でも、なにかあったらいつでも言ってちょうだい」

「これまでポリーに負担をかけてばかりだったのに、いまは息子の面倒を見るぐらいしかできない。夫としても父親としても失格だ」

「あなたは働きすぎなだけよ、見ているのが辛いぐらいに。それにポリーはあがいているのをあなたに知られたくなかったの。心配させたくなかった。悪いスピンだったのよ」

「悪循環」マットが言った。

「え？」

「英語ではそう言うんだ、悪循環。すまない、きみの言い間違いを正すつもりじゃなかった」

「いいのよ。勉強になったわ。さあ、一緒に行って、ヘンリーのミルクのあげ方を教えてあげるわ。実は母乳を止める薬が出たの。母乳をあげると症状が悪くなるそうよ。ヘンリーは健康で離乳食を食べはじめているから、粉ミルクでも問題ないし、粉ミルクならあなたやポリーのお母さんにもあげられるわ。いまのポリーにはじゅうぶんな休息が必要なの」

「しっかり休ませるよ。でも後悔してもしきれない気分だ。現実から目をそらして、ポリーもいずれ回復するから大丈夫だと自分に言い聞かせていた気がする」

「簡単にはいかないわ、産後鬱はれっきとした病気だもの。でもポリーは必ずよくなる。その一歩を踏みだしたのよ。あなたはいい人ね、マット。ポリーは心からあなたを愛してるわ」

一緒についていっていいものか、ぼくは迷った。でもマットのそばにいたかった。たとえマット本人に伝わらなくても、そばにいるほうが安心できた。だからフランチェスカに教わったとおりマットがヘンリーにミルクをやり、お風呂に入れてから寝かせるまで居間でおとなしくしていた。居間へ戻ってきたマットがソファで赤ん坊のようにすすり泣いたときも、ずっとそばにいた。やがてマットが背筋を伸ばした。

「くよくよしていてもしょうがないな。おいで、アルフィー、夕食にしよう。たしか戸棚にツナ缶があったはずだ」このうちで食事をするのは初めてだったが、食べ物のことより親子だけにしていいのかが気になった。なにかできるわけではないけれど、ぼくがいれば慰めになるかもしれない。

そのうちマットがポリーの様子を見に行ったので、ぼくもついていった。ポリーがきれいな目をあけてマットを見た。

「いま何時？」眠そうだ。

「心配するな。ヘンリーは眠ってる。フランチェスカが置いていったメモには、もう一度薬をのんでもかまわないと書いてある。眠らなくちゃだめだ」

ポリーが起きあがろうとした。「あの子は大丈夫なの？」目に涙があふれている。

「ああ、なにも問題ない。病気がよくなれば、きみもきっとそう思える」

「いろんなことに自分は落第だって気がするの。ひどい母親で、悪い奥さんだわ。そう思えてしかたないの」

マットがやさしく妻の髪を撫でた。「ぼくも落第だ。きみやヘンリーのことをもっと気にかけて、きみの様子がおかしいと気づくべきだった。謝るのはぼくのほうだ」

「自分や相手を責めても無意味だということ？」目を見開いている。マットがうなずいた。

「フランキーもそう言ってたわ。自分や相手を責めたところでなんの役にも立たないから、やめたほうがいいって。だからやってみようと思うの。ドクターはとても感じのいい女性で、わかってくれたわ。少なくともわかってくれた気がする。薬なんかのみたくなかったけれど、のまなきゃいけないのはわかってる。きちんと治すわ。必ず元気になって、我が子の面倒を見る、わたしたちの赤ちゃんの。いい母親になりたいだけなの」

「ああ、きっとなれるさ」マットの目からいまにも涙がこぼれそうだ。「ぼくがずっとそばで見守ってる。愛してる、ポリー、どうかそれを忘れないでくれ」

「たしかに忘れていたけれど、それは頭がすっかり曇っていたせいね。わたしも愛してるわ」マットがポリーをきつく抱きしめた。それはいままで見たなかでいちばん感動的な人間の姿だった。

「ああ、それからお義母《かあ》さんに来てもらうことにしたよ。申し訳ないが、そうするしかない。ぼくもいつまでも休んでいられないからね。できればそうしたいところだが」

「いいえ、マット。あなたのキャリアアップのために、ふたりで決めてここに来たのよ。あなたが罪悪感を抱く必要はない。それに母が来てくれれば安心だわ」

ふたりともしばらく黙りこんだ。ぼくは急に疲れを感じて床に寝そべった。感情の変化が激しい一日だった。

「自分のなかに大きなブラックホールがある感じなの。ヘンリーをどこかに捨ててしまいたかった。すべてから逃げだして、元の自分に戻りたかった。あの子を愛してるって、心の底ではわかってるのに、実感できないの。ほかのお母さんたちが語るような喜びを感じられない。怖いの、マット、すごく怖い」ポリーが泣きだした。

マットが妻を抱きしめた。「どんなに辛いか想像もできないが、なにがあろうとぼくが支える。だからちゃんと話してくれ。どんなにいたたまれない気分でも、全部話してほしい。ぼくはきみを見捨てたりしない。きみとヘンリーを愛してるんだ。きみがなにをしようと、それは変わらない」

「そんなふうに言ってもらえるなんて、思ってもいなかったわ。もう少し正直になればよかった。ヘンリーが生まれて間もないころや、ここへ引っ越してくる前に体調がおかしい気がしたけれど、なにがなんでも隠さなきゃいけないと思っていた。でも限界が来てたの」

「ポリー、よく頑張ったな。ふたりで力を合わせれば、きっと乗り越えられる。時間はかかるかもしれないが、そんなことはどうでもいい。必ずできる」

「あの子に会える？　起こしたくないから、顔を見るだけでいいの。お願い」ポリーがまた泣きだした。

「行こう」マットがヘンリーぐらいの重さしかないようにポリーを抱きあげた。ぼくは眠くて一緒に寝室まで行けなかった。

「アルフィーは今夜うちに泊まるらしい」夢うつつのぼくの耳にマットの声が届いた。

「気持ちがよさそうだから、そっとしておきましょう」ポリーの返事を聞いたのを最後に、ぼくは深い眠りについた。

Chapter 31

通い猫が目がまわるほど忙しいのはわかっていたものの、ここまで疲れ果てるとは思っていなかった。小さなコミュニティを築き、そこにいる全員がそれぞれ大切な存在になっている。でも同時に四箇所にいるのは無理だ。

行ったり来たりをくり返し、ぼくを必要としてくれる相手に目を配れるように頑張ってはいるけれど、だれもがぼくを必要としている気がした。

四軒はさほど離れていないにしても、移動する回数はかなり多い。いくら健康でも、たまに疲れを感じる。二十二番地へ行くと、フランチェスカとマットが子どもたちと外に出ていた。以前ポリーとしていたように、芝生で遊んでいる。いつものようにアレクセイが親友にするみたいにぼくに挨拶した。フランチェスカとマットはマグカップを持っている。ヘンリーはブランケットにうつ伏せになり、幼いトーマスは絵本を見ていた。アレクセイに撫《な》でられ、ぼくは仰向けに寝転んだ。

「昨日病院から戻ってから、ポリーは寝たり起きたりをくり返してる。これで少し楽になるといいんだが」マットが言った。

「きっとなるわ。ポリーはすごく疲れていたし、鬱になった原因のひとつは疲労だもの。ほら、悪循環よ」ふたりで切なそうに笑っている。

「もう少ししたら、ポリーの母親を駅まで迎えに行ってくる。彼女がいればかなり状況が変わるはずだが、ずっといてもらうわけにはいかない」

「マット、ずっといてもらう必要はないわ。ポリーはきっとよくなる。あなたが思っているより早く」傷つきやすいきれいなポリーを思うと、ぼくの目に涙がこみあげた。フランチェスカが正しいように祈らずにいられない。ポリーはきっとよくなるはずだ。

神経が参ってしまったあの日まで、快方に向かっていると思っていた。以前よりずいぶん明るくなっていた。でも考えてみれば、ジョーに会う前のクレアも立ち直りつつあるように見えた。食べ物と同じだ。人間に関しては何事もとうぜんのことと決めてかかってはいけない。

さらに少し遊んだあと、フランチェスカが子どもたちのランチの用意を始めると、マットも手伝った。本人はポリーをわずらわせたくないと話していたが、不安でひとりになりたくないのだろう。

「ヘンリーのミルクをつくってちょうだい。わたしは野菜をつぶすわ」フランチェスカが言った。

「本当にかまわないのかい？」

「なに言ってるの。どうせうちの子たちに野菜を用意するから、ヘンリー用につぶすわ。たいした手間じゃないし、どっちにしても、みんなで食べたほうが楽よ。スープはいかが？　ポーランドのスープよ、ビーツのボルシチ」

「食べたことがないな」マットが曖昧に答えた。

「トーマスが店で出してるの。おいしいわよ。試してみる？」

「もちろん、楽しみだ」礼儀正しい返事を返しているが、口調で本心じゃないとわかる。そして真っ赤な代物を見たときは、ぼくも同じ気持ちになった。幸い、ぼくにはイワシが用意された。

ランチのあとはみんなで散歩に出かけ、帰宅後はマットがポリーの様子を見てから駅に母親を迎えに行けるように、フランチェスカがヘンリーを預かった。ぼくは少しのあいだ子どもたちと遊んだ。幼いトーマスは兄のまねをして日増しにぼくへの関心を強めているので、二倍疲れた。玄関を引っかいて出たいと伝えたときには、イワシで満腹なのと遊びすぎたせいで疲れ果てていた。今回ばかりは別の家へ行くのが嬉《うれ》しかった。

ジョナサンはまだ仕事から戻っていないはずなので、まずクレアの家へ行った。猫ドアをくぐった瞬間、この家が怖くなっている自分に気づいた。毛が逆立ってしまう。いい気持ちがしなかった。クレアは最初にぼくを快く受け入れてくれた人間で、ここは自分の家なのに、勝手に入りこんだ気分になるのがいらだたしかった。

クレアはキッチンにいたが、こちらを見た顔で泣いていたのがわかった。

「アルフィー、やっと帰ってきたのね!」クレアがぼくを抱きあげた。「心配してたのよ、二日近くどこにいたの。ここにいないときあなたがどこにいるのかわかればいいのに。ガールフレンドができたの?」ぼくは気が咎《とが》めてミャオと鳴いた。「食べるものを用意してあげる。猫は出歩くのが好きだってわかってるけど、姿を見せてくれないと心配になることを忘れないでね」やさしい口調だが、叱られている気がした。ジョーを追いだしてくれれば安心して帰ってこられると伝えようとしたが、わかってもらえるはずがない。だからクレアの首筋に鼻を押しつけて謝った。

「なんの騒ぎだ?」ジョーがキッチンへやってきた。相変わらずジーンズとTシャツ姿だけど、胴まわりに前より少し肉がついている。クレアが痩せるのに反比例して、ジョーは太っていく。

「アルフィーが帰ってきたの。いま食べ物をあげるところ」クレアがぼくを床におろし、戸棚からキャットフードを出した。

「おれより猫のほうが大事なんだな」ジョーが不機嫌に言った。

「ばか言わないで」クレアが笑った。

「おれを笑いものにするな！」出し抜けにジョーが声を荒らげ、ぼくとクレアをひるませた。

「そんなつもりは——」

「いいや、そうだ。もううんざりだ。ばかにしやがって。なんの落ち度もないのにクビになったおれには、なにをしてもかまわないと思ってるんだ」

ぼくは食器棚のそばで縮こまった。どうすればいいのかわからないまま、震えあがっていた。何度も蹴られそうになったから、なにをされるかわかったものじゃない。こちらへ迫ってきたジョーが、ふいに思い直したように横を向いて壁を殴った。突然の暴力にクレアが悲鳴をあげた。クレアもぼくも殴られていないけれど、どちらも怯《おび》えていた。しばらく沈黙が流れた。

「ジョー、出ていってちょうだい」クレアの声は震えていた。ぼくは縮こまっていた体を伸ばし、嬉しくて飛び跳ねそうになった。ジョーの表情が険しくなり、すぐ別の表情に変わった。

「すまない、悪かった」手をさすっている。「かっとなっただけだ。こんなことはしたことがない」クレアのほうへ歩きだしたが、クレアはあとずさった。

ぼくはクレアを守るように前に立ちはだかった。こいつは嘘つきだと言ってやりたかった。

「ジョー、わたしの家の壁に大きな穴をあけておいて、かっとなったですむと思ってるの?」怒りながらも怯えているような声だ。

「すまない。なんてことをしてしまったんだ」驚いたことに、ジョーが泣きだした。

「ジョー、泣かないで」クレアが口調を和らげた。

「悪かった。きみにどう思われてもしかたがない。こんなことをするのは初めてなんだ。でも仕事のことやフラットを引き払ったことで気が立っていて、なにもかもきみに頼りっきりの気がしてるんだ」

「わたしは気にしてないわ。この状態がずっとつづくわけじゃないもの。すぐ新しい仕事が見つかって、元通りの生活ができるわ」クレアはもう怒っていない。ジョーはクレアを操る達人だ。ぼくの期待はしぼんでいった。

「そう願うよ。でも不景気で、いまは求人がない。フリーランスの仕事ならあるかもしれないが、すっかり負け犬になった気分だ。いい仕事についていたのに、このざまだ」

「ジョー」クレアがジョーに歩み寄った。ジョーを抱きしめる姿を見て、ぼくは絶望と嫌悪感を覚えた。「愛してるわ。あなたのためならどんなことでもする。だからばかなことを言うのはやめて、二度とさっきみたいにかっとならないで」自分のほうが冷静みたいな口ぶりで、なんだかおかしいくらいだ。でもぼくは簡単に許したクレアに猛烈に腹が立っていた。ジョーはまたかっとなるに決まってる。この手の男は必ずそうなる。しかもジョーはクレアを幸せにしていない。もしクレアが幸せにしてもらっているつもりなら、頭がどうかしている。

「約束する、クレア。きみを心から愛してるんだ。このお返しは必ずするよ、約束する」

「壁を直すことから始めてくれてもいいのよ」クレアが弱々しく笑った。

ぼくは憤然とその場を立ち去ることで無言の抗議を示し、ジョナサンの家へ行った。どうやらジョナサンはしばらく前に帰宅したらしく、すでにジム用の服に着替えていた。

「ああ、来たか。どこに行ったんだろうと思ってた。おおかた雌猫といちゃついてたんだろ？」

ぼくはミャオと鳴いたが、本当は〝とんでもない。ぼくを震えあがらせる頭のおかしい男といたんだ。ジョナサンにあいつをとっちめてもらいたいよ〟と言いたかった。

「まあいい、夕食を食べてゆっくりしていけ。いちゃつくのも疲れるからな」ぼくは喉を鳴らした。「ハイタッチだ」ジョナサンの言葉の意味がわからず、きょとんとした。「ほら、おまえが手を……いや、前脚か、それを出して、ぼくも同じことをするんだよ」前脚をあげると、ジョナサンが手を合わせた。「いいぞ。最初の芸を覚えたな。やっぱりおまえじゃなくてフィリッパを追いだしたのは正解だったよ」笑っている。ぼくは驚きを隠せなかった。前脚をあげただけでこの反応？　しゃべっても踊ってもいないのに？　まったく、人間はささいなことで幸せになれるものだ。

ジョナサンは一緒に食事をしたあと出かけていったけれど、ぼくはもう出かける気分になれなかった。心身ともにへとへとで、カシミアの毛布に横たわった。頭のなかで今日の出来事を反芻《はんすう》する。目標達成には近づいている気がした。フランチェスカ一家はうまくいっていて、ほかのみんなほど大きな問題を抱えることはなさそうだ。とりあえず、ぼくはそう思う。ポリーは病気だけれど、快方に向かっている。間違いない。そしてジョナサンは、まあいまだに大きな家にひとり暮らしだけれど、陽気になった。いまのジョナサンは大好きだ。

だとすると、残るはクレアだ。

ジョーがどれほど恐ろしい存在になりうるか、今日この目で見た。そしてあれは、あの一回で終わるようなことじゃない。必ずまたなにかに殴りかかる。そして今度殴られるのは、たぶんクレアだ。

あの人でなしがクレアを殴ると思うと、いてもたってもいられなかった。ジョーは明らかにクレアを思いどおりに操っていて、行き着く先になにがあるのかぼくにはわからないけれど、いいことじゃないのは本能的にわかる。いつ終わるんだろう？　わからない。でも終わらせなくちゃいけない。そのためにできることがあるはずだ。まだ見つからないだけで。

ふわふわの毛布でまどろみながら、ぼくは手遅れにならないうちに早く答えが見つかるように、猫なりの祈りを唱えた。

Chapter 32

目覚めると、答えが出ていた。まだ外は暗かったけれど、夜明けのさえずりが始まりかけていた。これだから猫は鳥を追いかけてしとめるのだ。朝一番に鳥たちが立てる騒音ほど迷惑なものはない。

ぼくは寝ているジョナサンに目を向けた。安らかにぐっすり眠っている。これからやろうとしていることを考えると身がすくみ、ぼくはジョナサンの存在で心を慰めようとした。危険な賭になるだろう。それはわかっている。寝ているあいだにいつのまにかできていた計画は、控えめに言っても無謀なものだ。でもやるべきことはそれだと確信があるから、いちかばちかやってみて、うまくいくように祈るしかない。

ぼくはジョナサンに寄り添った。泣いても笑っても今日ですべてが変わるなら、なにがあろうと大好きなことを伝えたかった。ジョナサンは横向きにぐっすり眠っていたが、やがて目覚まし時計の音で目を覚ました。ぼくは胸に飛び乗って笑顔を見せた。

「アルフィー、ぼくのベッドでなにをやってるんだ？」不機嫌にはなっていない。ミャオと鳴くとジョナサンが笑い、やさしくぼくを撫《な》でてベッドを出た。

どうにか一階にはおりたものの、心なしか脚が震えていた。自分を勇敢な猫だと思ったことはない。マーガレットとアグネスと暮らしはじめたころのぼくには勇敢さのかけらもなかったし、アグネスに好きになってもらったあとは勇敢でいる必要がなくなった。でもマーガレットとアグネスを亡くしたとき、ぼくのなかで度胸が首をもたげた。自分にそんなものが備わっているとは予想もしていなかったけれど、そのおかげで生き延びられた。だからたとえ脚はひるんでいようと、決意は揺らがなかった。

キッチンで待っていると、一階へおりてきたジョナサンがコーヒーを淹《い》れてぼくのミルクをよそい、トーストを焼いて残り物のサーモンをくれた。ぼくは噛《か》みしめるように朝食を味わった。これが最後の食事になるかもしれない。

「さてと、アルフィー、出かけてくるよ。帰ったら、また会おう」ジョナサンが立ちあがった。ぼくはそのとおりになるように祈った。

そのあとクレアに会いに行った。クレアは一睡もしていないみたいだった。うわの空でぼくを撫でる目つきで、クレアも怯《おび》えているのがわかった。ジョーといても幸せじゃないのはだれの目にも明らかなのに、ひとりになるよりましだと思っているのだ。そういう人間もいると聞いたことがある。たとえ不幸でも、ひとりでいるよりだれかといたがる人間がいると。クレアもそのひとりだ。でもこんな姿を目の当たりにしてから、いまだに壁にぽっかりあいた穴を見ると、計画をやり遂げようという決意がさらに強まった。

出勤するクレアと一緒に家を出た。少し先の曲がり角までついていった。

「じゃあね、アルフィー。夕方会いましょう」ぼくはクレアの脚に体をこすりつけた。必ず会うつもりだった。

震える脚で今度は二十二番地へ向かい、玄関を引っかいてフランチェスカに入れてもらった。

「アルフィー」アレクセイと弟のトーマスが声をそろえ、大歓迎してくれた。親しみをこめて挨拶すると、仰向けになったぼくのおなかをふたりで撫でてくれた。いつまでもやめようとせず、ぼくは絶妙な感触を心ゆくまで楽しんだ。そのうちフランチェスカがポリーに会いに行こうと言いだした。病院へ行った日からポリーに会っていなかったので、ぼくも喜んでついていった。

玄関に出てきたのはポリーではなく、マーガレットより年下の上品な年配の女性だった。

「フランチェスカ、よく来てくれたわね」女性がにこやかにほほえんだ。

「こんにちは、ヴァル。ポリーの様子はどうかと思って。なにかお手伝いすることはある？」

「どうぞ入ってちょうだい。あの子が会いたがるはずよ。ヘンリーも子どもたちに会えたら喜ぶわ」女性が脇に寄り、ぼくもみんなとフラットに入った。「あら、こんにちは。あなたがアルフィーね、ヒーローの猫ちゃん」

ぼくは喉を鳴らした。この人はいい人だ。

ポリーはパジャマ姿だったけれど、やっぱりきれいで、幾分元気になったようだった。フランチェスカがポリーを抱きしめているあいだに、子どもたちがクッションに囲まれてプレイマットに座っているヘンリーに駆け寄った。

「フランキー、来てくれてありがとう。ぐっすり眠れるようになったおかげで、少し気分がいいの」

「よかったわ、でも焦らないでね」

「お茶でも淹れましょうか？」ポリーの母親が尋ねた。

「ええ、お願い」

「お手伝いするわ」フランチェスカが声をかけた。

「いいのよ、ここで娘の相手をしてやってちょうだい」母親が部屋を出ていった。

「それで、元気にしてるの、フランキー？」

「ええ、みんな元気よ。アレクセイの学校が来週から始まるし、トーマスも保育園に行くの。大勢の子どもと接するのはトーマスにとってもいいことだし、わたしはパートの仕事が見つかったのよ。ふつうの店員だけど、いまから楽しみだわ」

「よかったじゃない。英語が上達して、人にも会えるわ。そういえば、ポーランドではなにか仕事をしてたの？」

「実家が食料雑貨店を経営していて、そこで働いていたわ。ありふれた仕事だけれど、楽しかった。接客やお客さんとおしゃべりするのが好きなの」

「アレクセイ？」ポリーに呼ばれ、アレクセイが振り向いた。これまでポリーがアレクセイに直接話しかけたことがなかったからぼくは意外に思ったが、本人は気づいていないようだった。

「はい？」アレクセイが言った。

「〝はい、ポリー〟でしょう？」フランチェスカが正した。

「ごめんなさい。はい、ポリー」ポリーが笑っている。

「新しい学校が楽しみ？」

「うん、でも、ちょっと怖いんだ」

「そう、じゃあ、こうしましょう。一緒にお店に行って、すてきな通学かばんと筆箱を買うの。マットとわたしからの入学祝いよ」

「ほんと？　スパイダーマンのでもいい？」

「なんでも好きなものを買ってあげる」

「ポリー――」フランチェスカが口を開いた。

「お願い、そうさせて、フランキー。あなたがしてくれたことはお返しのしようがないし、あなたにはわたしがあなたに求めていたようなものは必要ないでしょう？　だから子どもたちにお返しさせて。それにわたしもそろそろ外に出ないと。ずっとうちにこもってるわけにいかないもの。スパイダーマンのバッグを買いに行けば、気分がよくなるかもしれないわ」

「わかったわ、ありがとう」

ヴァルがお茶を持って戻ってくると、三人はむかしからの友人のように会話に花を咲かせた。ぼくは子どもたちと遊びながら、これから起きることを思って切なくなった。でも、ぼくがいなくなってもみんなはきっと大丈夫だ。みんな幸せで、ポリーはまだすっかり回復してはいないものの、少なくとも以前より明るくなった。ヘンリーを抱きあげてキスする姿を見れば、そうとわかる。これまでこんなことはしなかった。それにぼくがいるあいだ、ヘンリーはほとんど泣かなかった。まるで二十二番地で奇跡が起きたみたいだった。

ランチの前に、公園に散歩に行くことになった。

「新鮮な空気が吸いたいわ」ポリーが言った。「急いで服を着てくるわね」おかしな言い方だが、戻ってきたポリーはジーンズとTシャツに着替えていた。みんなが靴を履きはじめた。ヘンリーはこぶりなベビーカーに乗せられ、トーマスは歩くと言い張った。玄関を出たみんなが、門のところで振り向いた。

「バイバイ、アルフィー」アレクセイが言った。

「バイバイ、アルフィー」弟のトーマスがまねをした。ポリーとフランチェスカがかがんでぼくを撫でた。

「お昼どきに戻ってくるなら、帰りにお魚を買ってきてあげるわ」ポリーの言葉に、ぼくは嬉《うれ》しくなってミャオと応えた。

「人間の言葉がわかるのね！」ヴァルが声をあげた。

「この子はとても頭がいいもの」とフランチェスカ。「わかるに決まってるわ」

そのあとぼくは急いでタイガーに会いに行った。ちょっとだけ早い近道を使い、フェンスに飛び乗ってうなる犬を避けた。

タイガーは裏庭で日向《ひなた》ぼっこをしていた。大急ぎで計画を話して聞かせると、愕然《がくぜん》としていた。実際、怒ってぼくを叱りつけたけれど、ぼくは計画の裏にある考えを説明した。

タイガーは言葉を尽くしてぼくをののしり、ばかだと責めた。そのあとは泣き叫び、どうなるかわからないからぼくが心配だと言った。勇敢だけれど、頭がどうかしていると。ぼくには反論のしようがなかった。でも最後には愛情のこもった別れの挨拶を交わし、ぼくは無事に戻ってこられるように最善を尽くすと約束した。

タイガーに会いに行ったことも、これから待ち受けていることも懸命に頭から締めだして、急いで二十二番地へ魚を食べに戻った。

「うちへ行きましょう」息子たちと外にいたフランチェスカに声をかけられた。「ヘンリーが眠っているあいだに、ヴァルがポリーも休ませているの。魚は持ってきたわ」ぼくは喉を鳴らし、三人と階段を上った。

アレクセイが居間のテレビをつけると、床に座ったトーマスがぎりぎりまでテレビに近づいた。キッチンにいるフランチェスカが大きな声で注意した。「近すぎるわよ、トーマス。離れなさい」笑っている。壁を透視できるんだろうか。猫は目が利くし物を感知できるけれど、さすがの猫もこんなことはできない。

ぼくはキッチンでランチを待ち構えた。約束どおり、フランチェスカが新鮮な魚に火を通してよそってくれた。床で食べているのを別にすれば、人間になった気分だった。みんなが食事をしているあいだに、ぼくはすばやく食べ終えて身づくろいをした。

ランチのあと、フランチェスカがしぶるトーマスに昼寝をさせ、アレクセイと本を読みはじめた。

「英語読むの、むずかしい」アレクセイが不満を漏らした。

「そうね。だけどじょうずになってるわ。すぐにママよりうまくなるわ」

「学校、好きになるかな?」心配そうだ。

「もちろんなるわ。ポーランドにいたときみたいに」

「でも言葉が違うよ」

「ええ、でもやさしい先生が手伝ってくれるから、心配しなくて大丈夫」口では励ましているが、息子を心配しているのがわかる。

「ポリーがバッグを買ってくれたら、学校に行くのが楽しくなるね」アレクセイが母親に抱きしめられてキスをされ、くすぐったそうに身をくねらせた。

しばらく本を読んだあと、アレクセイが車のおもちゃを出してぼくに追いかけさせようとした。誘いに乗って追いかけてはみたものの、胃の調子がおかしかった。緊張が高まって、ゲームを楽しもうとしても本気になれなかった。

ぼくは自分をいましめた。しばらく一緒に遊べないなら——考えただけでぞっとするけれどもう二度と遊べないかもしれないなら、せめて楽しむべきだ。だからアレクセイが押した車を追いかけ、ちっぽけな前脚でアレクセイのほうへ車を押し戻そうとした。簡単ではなかったけれど、できたときは大喜びしてもらえた。かなり長いあいだ遊んだ気がしたあとで、ついに帰るときが来た。空恐ろしい計画を実行に移す時間だ。

みんなに別れを告げながら、ぼくは全員の顔を記憶に留《とど》め、またすぐ会えるように心から祈った。

Chapter 33

クレアの家が近づくにつれて脚が震えた。外でタイガーが待っていて、すばやく鼻でキスして幸運を祈ってくれた。考え直すように言われたけれど、それはできない相談だった。大切なクレアのために、どうしてもやらなければならないのだ。

クレアには腹を立てているし、弱さをいらだたしく思っている。でも、ぼくはクレアのことが大好きで、クレアはぼくを必要としている。クレアにはぼくしかいない気がして、ぼくの力なんてたいしたことないかもしれないけれど、いまはそれでじゅうぶんだと思いたかった。

勇気を奮い起こして勢いよく猫ドアをくぐり、つかのま足を止めた。クレアはまだ帰っていない。ジョーは居間でテレビを見ていた。深呼吸すると、全身の毛が逆立った。こんなに怯《おび》えるのは野良猫暮らしを始めたとき以来だ。ちっぽけな心臓が早鐘を打ち、口から飛びだしそうだった。

居間の外に座り、そのときを待った。どのぐらいそうしていたかわからない。やがて歩道を歩くクレアの足音が聞こえ、猫に鋭い聴覚を与えてくれた神さまに感謝した。

タイミングがすべてだ。ぼくは居間に駆けこんでジョーの膝に飛び乗った。ぎょっとしたジョーが――予想どおり――血相を変えて怒鳴った。

「おりろ、ばか猫！」ぼくはシャーッと言って、ジョーの腕を引っかいた。そして目をつぶった。この先どうなるかわかっていた。

「このクソ猫め、よくもやったな！」ジョーがぼくを放り投げた。体を小さく丸めたぼくは、落ちていくのを感じて四本の脚を伸ばし、脚から着地した。クレアが玄関から入ってきたので、声を限りに叫んだ。

突進してきたジョーに何度も蹴られた。全身に痛みが走り、声を出すこともできなくなった。

「なにをしてるの？　やめて、やめなさいよ、このろくでなし！」

クレアの叫び声を聞いたのを最後に、目の前が真っ暗になった。

病院が舞台のドラマをマーガレットとたくさん見たのに、自分に意識があるのかないのか、その中間なのかわからなかった。死んだらアグネスやマーガレットに会うはずだけれど、どちらにも会っていないから、少なくとも死んでいないのはわかった。焼けるような痛みが全身を貫くなか、どこかへ移動しているようなのにぬくぬくと暖かい。遠くで話し声が聞こえる。話しているひとりはクレアなので安心できた。

「わたしのせいだわ」涙声でクレアが言った。「あんな男にまんまと利用されたあげく、もう少しでアルフィーが殺されるところだった。ああ、この子に万が一のことがあったら、自分を許せない」

「クレア」ターシャの声だとやっとわかった。「離婚したあと、あなたは弱気になっていた。乗り越えつつあると思っていたけど、そうじゃなかったのよ。わたしも気づかなかったけれど、まだ自分にはなんの価値もない気がしていたんだわ。ジョーはそれを見抜いた。あの手の男はそういうことを嗅ぎつけるの。あなたのせいじゃないわ。アルフィーはきっと大丈夫よ、もう少しで病院に着くから、獣医さんがなんとかしてくれるわ」でも自信がなさそうな口ぶりだ。「なにしろ、あなたを助けてくれたのはアルフィーだもの」

「アルフィーはジョーが壁を殴るのを見てたの。きっと次はわたしが殴られると思ったんだわ」

「あなたが追いだしていなかったら、ぜったいそうなっていたでしょうね」

「いまならわかる。無抵抗のアルフィーを蹴りつける姿を見たとたん目が覚めて、自分でも驚くような力が出たの。ジョーをアルフィーから引き離した。頭に血が昇って、ジョーを突き飛ばして殴ってやったわ。そしたら例の〝悪かった〟をまた始めたのよ。信じられない！　今度ばかりは耳を貸す気になれなかった。五分以内に出ていかなかったら、警察を呼ぶと言ってやったの」

「そうしたら？」

「泣いてたわ。壁に穴をあけたときみたいに。でもわたしは態度を和らげなかった。アルフィーを抱きあげるのが怖くて、あなたに電話したの。血だらけで、ぴくりとも動かないんだもの。ジョーはまだ突っ立ったままだったから、もう一度出ていってと言ったら、今度は悪態をつきはじめたのよ。だから携帯電話をつかんで警察の番号を押して、一歩でも近づいたら通話ボタンを押すと言ったの」

「それでやっと出ていったの？」

「ええ。でもその前に、さんざん罵詈雑言《ばりぞうごん》を浴びせてきたわ」

「最低ね」

「なぜ気づかなかったのかしら」

「正直、わからないわ。わたしはジョーがあなたをコントロールしてるんだと思ってた。でも、なにかがすごくほしいときは、見たいものしか見えないものなのよ。クレア、これを教訓にしなきゃだめよ。悲しいことだけど、ジョーみたいな男は大勢いるんだから」

「後悔してもしきれないわ。アルフィーになにかあったら、ぜったい自分を許せない」

「そういう態度、自分をばかだと思うことが、そもそも窮地に陥る原因なのよ」ターシャの率直な物言いが嬉《うれ》しい一方、クレアが泣いているのは悲しかったが、また意識が遠のきはじめたぼくにはどうしようもなかった。

計画はうまく行き、ついにジョーを追い払った。あとはその代償が大きすぎないように祈るばかりだ。

Chapter 34

知らない場所に来てから何日たったのだろう。病院では獣医にさまざまなことをされた。朦朧《もうろう》とする意識のなか、入院だと言われたのは覚えている。手術の話になり、注射をされたら意識がなくなった。声は聞こえても、なにを話しているのかわからないこともあった。痛みをなくす薬を投与されているせいで、うつらうつらしていた。もう怖くはなかった。恐怖を感じる体力もなかった。ほとんど眠っていた気がする。でも魚がたくさん出てくる夢を見るいつもの眠りと違い、なにも起こらなければそのままずっとなにも起こりそうにない、そんな眠りだった。

ある日、眠りから覚めたぼくは目をあけた。髭《ひげ》をぴくぴくさせてみると、髭は無事だとわかった。満足に動けなかったけれど、頭は少しはっきりしていた。

「アルフィー」女性の声がした。そちらへ目をやると、緑色のガウンを着て髪をうしろでまとめた女性がいた。やさしそうだ。「ニコルよ、仲間の看護師とあなたの世話をしていたの。ようやくあなたの目を見られて嬉《うれ》しいわ。すぐ先生を呼んでくるわね」

間もなく、自分が回復に向かっているのがわかった。つつきまわしてくる獣医をシャーッと威嚇してみたけれど、笑われただけだった。ニコルがぼくを撫《な》で、クレアにお見舞いに来てもらおうと言った。

クレアがターシャを連れて会いに来たときは、嬉しくて泣きそうだった。目をあけているのはちょっと大変だったけれど、あけているあいだにクレアが実家へ帰った週末のあとのように元気になっているのがわかった。ジョーに会う前に戻っている。

「ああ、アルフィー、もう大丈夫ですって」頬を涙が伝っている。きっと嬉し涙だ。

「よかった、元通りのかわいい姿に戻ってる。今週ほど長い一週間はなかったわ。このまま順調なら、あと一週間で退院できるそうよ」

「それにもう心配しなくていいのよ、ジョーはいないから」ターシャが言い添えた。

「ええ、とっくに追いだしたわ。それにもうだれにも、わたしたちの仲を裂くようなまねはさせない。あなたはわたしを助けてくれたのよね、わかってるわ」

「変だと思わない？」ターシャが訊《き》いた。

「なにが？」

「今回のことよ」

「どういう意味？」

「だって、なんだかこの子が考えてやったみたいじゃない。ジョーが壁を殴って、あなたたちを怯《おび》えさせた。そしたらそれから一日かそこらで、あなたが仕事から帰ってきたら、ジョーがこの子を蹴ってたんでしょう？」

「あいつがろくでなしだっただけよ。あのときのことは思いだしたくもないわ」

「でも、ジョーはアルフィーに襲われたと言ってたのよね？ もしそれが本当だったら？ ジョーがあなたを傷つけないように、アルフィーが仕向けたんだとしたら？」

「たしかにアルフィーは賢いけれど、そこまで賢くないわ。ターシャ、しっかりしてちょうだい。この子は猫なのよ」

ぼくはにんまりしながら、ふたたびうとうと眠りについた。

それから数日のあいだにクレアは何度もやってきて、ぼくの体力も回復した。ありがたいことに骨折はしていなかったのでまた立てるようになったけれど、まだ痛みは残っていて、獣医の話では、以前のように機敏に動くのは無理かもしれないらしい。でも歩けるならかまわなかった。それに内臓を痛めていたから、この程度ですんでかなり運がよかったようだ。いまはそんなふうに思えないし、これからも思えないだろうけれど、たぶんそうなんだろう。

退院の数日前、またクレアがやってきた。でも一緒にいるのはターシャではなかった。ぼくは目を覚ましたものの、薬を打たれたばかりだったので眠くてまぶたがあがらなかった。だけど耳に届いた声は聞き間違いようがなかった。

「アルフィー！　いったいなにがあったんだ？」

ジョナサンだ！　ぼくはなんとか目をあけようとしたが、だめだった。

「どうしてもアルフィーはあなたの猫だって言い張るつもり？」クレアがむっとしている。

「アルフィーはぼくの猫だと言ったはずだ。ずっと捜しまわってたんだぞ」

「あなたの張り紙を見ても、同じ猫とは思わなかったのよ。だって、この子はわたしの猫だもの」

「アルフィーという名前の灰色の猫を捜してると書いてあるのに？」ジョナサンの声は、初めて会ったころのように不機嫌だ。

「まあ、そう言われればそうかもしれないけど」クレアの声にわずかに反省の色が聞き取れる。

「見た目がそっくりで、名前も同じなのに、別の猫だと思ったのか？」ぼくがいないあいだもジョナサンが変わっていないことが嬉しかった。

「だって、この子はわたしの猫なのよ」

「だとしても、ロンドンの同じ通りにアルフィーという名前の見た目がそっくりな猫が何匹もいると思うか?」いらだちをつのらせている。

「わたしはただ……ごめんなさい、きっとこの子は両方の家で暮らしてたのね」

「しょっちゅう姿を見せなくなるのは、そのせいだったんだな」

「どこに行ってるんだろうって、いつも思ってたの」

「一週間以上あちこちに張り紙をしつづけたのに、ぼくに電話をしようともしなかったなんて信じられない」

「数日前に初めて見たのよ。それにさっきから言ってるように、同じ猫とは思わなかった。でも今夜、また張り紙をしてるあなたを見かけて、ようやくわかったから声をかけたんじゃない」クレアはもう簡単に人の言いなりにはなっていない。ジョナサンに敢然と立ち向かっているのがおもしろかった。

「心配で心配で病気になりそうだった」

「わかるわ、ごめんなさい。心から申し訳なかったと思う。でも、本当にわたしの猫だと思ってたのよ!」ミャオと鳴いてぼくがいることを思いださせようとしたが、声が出ない。

「それに、あの子どもはどうするんだ?」

ぼくの耳がピンと立った。アレクセイのことだろうか？　愛されている実感がこみあげた。ジョナサンはぼくに会いたくてずっと捜してくれていた。二十二番地のみんなも同じだったのかもしれない。

「ねえ、わたしはあなたの張り紙しか見ていないのよ。猫の絵が描いてあるあの張り紙は、あなたに見せてもらうまで知らなかった」クレアがあわてている。「たとえ見ていても、あの絵がアルフィーに似てると思ったか自信がないわ」弱々しく笑っている。

「あの子は……絵心のない大人でない限り子どもだと思うけど、心配で気が気じゃない思いをしてるに違いない」

「そうね。かわいそうなことをしたわ。でもアルフィーがこんなに浮気者だとは知らなかった」クレアがまた笑った。「きっとあちこちで食べ物をもらっていたのね」

「ああ、どうやらこのいたずら小僧はたっぷり食べて、大勢にかわいがられていたようだな。わかってるだけで三軒。ほかに何軒あるか、わかったもんじゃない。これからあの絵を描いた子に会いに行こう。きっとアルフィーを心配して気をもんでる」

「本当に悪いことをしたわ」

「アルフィーにこんなことをしたそのろくでなし野郎に会ったら、殺してやる。無抵抗の猫に、よくもそんなことができたもんだ。腐りきったクズ野郎だ」ジョナサンの声が怒りで険しくなっている。

「警察に通報してやればよかった。わたしのせいでこんな目に遭わせてしまって、後悔してもしきれない」

「原因はきみだけじゃないさ」完全に態度を和らげたわけではないが、怒りが幾分収まっている。

「いいえ、そうよ。すべてわたしのせいなの」

「辛《つら》かっただろう、こいつが蹴られるのを見るのは」ジョナサンがやさしく話しかけた。

クレアが泣きだした。なんとか片目をあけると、クレアの肩におずおず腕をまわすジョナサンが見えた。その瞬間、眠くてふたりの姿はぼんやりかすんでいたものの、まさにお似合いのカップルだと直感した。

「ごめんなさい」

「もういいよ。こいつは無事だ」クレアがうなずいている。

「ああ、アルフィー」クレアがケージの柵のあいだからぼくを撫でた。「あなたはみんなに愛されているのね」

ぼくの回復はきっと早いはずだ。みんなに愛され、ぼくもみんなを愛しているんだから。それに、はるかに危険が少ないはずの新たな計画で、頭がいっぱいになっていた。

Chapter 35

退院の日は、嬉《うれ》しくてわくわくした。もうケージともお別れだ。ひどい場所だったわけではないけれど、リッツホテルには程遠い。運動はさせてもらったとはいえ、ずっと閉じこめられていた。ようやくエドガー・ロードをうろつく元の暮らしに戻れる。以前のように軽やかにフェンスを跳び越えるのは無理かもしれないが、試してみよう。みんなやタイガーに会うのが楽しみでたまらないけれど、お互いの存在を知って気を悪くしているかもしれない。そうでないように祈りたかった。

迎えに来たクレアと獣医にキャリーに入れられ、ぼくは大声で鳴き叫んだ。痛かったからじゃない。そんなものに押しこまれ、いたくプライドが傷ついたからだ。

「しばらく一箇所にいさせてください。運動は必要ですが、少しずつですよ。どのぐらい動けるか、自分で探っていくはずです。でも少なくともあと一週間は外に出さないで、そのあと検診に連れてきてください」獣医が指示した。ぼくはキャリーのなかから獣医をにらみつけた。そんなの楽しそうじゃないし、ぼくが思っていたのと違う。

「大丈夫、ちゃんと面倒を見ます」

受付デスクの前でジョナサンが待っていた。ぼくはジョナサンに会えてすごく嬉しかった。

「支払いをしてしまうわね」クレアがデスクにいた女性から請求書を受け取った。

「うわ」ジョナサンが口笛を吹いた。「すごい金額だな」

「そうね、この子はあなたの猫でもあるんだから、少し協力したいんじゃない?」絶句したジョナサンを見て、笑っている。「冗談よ。保険に入ってるの」

「保険?」初めて聞いたように耳を疑っている。

「ええ。アルフィーはわたしの猫だもの。もちろん保険に入れてるわ」

「考えたこともなかった」

「でしょうね」思ったとおりと言わんばかりにクレアが言った。「どうせ留守のあいだのこの子の食事のことなんか、ころっと忘れてたんでしょう?」

ジョナサンが潔く恥じ入ってみせた。

「まあ、四軒も家があれば、おなかを空《す》かせることはなかったでしょうけど」

「そういう問題じゃない。よし、帰ろうか。パーティに行かないと」ぼくはちょっとむっとした。ぼくの退院日にパーティにくりだすつもりなんだろうか？

ジョナサンが自分の家の前で車を停《と》め、クレアを従えてぼくを家のなかに運びこんだ。ここに来るまでふたりはずっとぼくのことであれこれ言い争っていた。でもお互いに好意を持つのも時間の問題な気がした。いまはなにかともめてばかりだし、クレアは一触即発の関係から脱したばかりだから、すぐどうこうなるわけではないだろうけれど、間違いない。ふたりの口論は、ふつうの口論とはひと味違う。穏やかで喧嘩腰《けんかごし》じゃない。それだけでなく、クレアも対等に言い返している。ジョナサンにはびくびくしていない。本来のクレアでいる。猫の勘と言われてもかまわない。でもぼくがふたりを愛しているように、このふたりも必ず愛しあうようになるはずだ。

刻々と幸せな気分が増していった。エビやカシミアの毛布、アレクセイやボール遊び、ポリーやヘンリーやマットとふたりのトーマス、そしてもちろん心やさしいフランチェスカとの再会を思うと、なおさらだった。どんなにみんなに会いたかったか。ぼくは大きく頬がゆるむのを感じながら、キャリーから出してもらうときを待ち構えた。

ジョナサンが廊下にキャリーを置いてドアをあけ、キッチンにぼくを運びこんだ。やっぱりぼくを置いてパーティに行くつもりなんだと憤慨した直後、驚きの光景を目にして思わず声が出てしまった。

「アルフィー！」アレクセイが歓声をあげて駆け寄ってきて、ジョナサンの前で急停止した。色とりどりの旗が壁を飾り、キッチンテーブルをみんなが囲んでいる――フランチェスカ、ふたりのトーマス、マット、ポリー、ヘンリー。信じられなかった。知らない者同士が一堂に会している。

「もうばれてるぞ、アルフィー」マットが笑った。

「〝ばれてる〟ってなに？」アレクセイが訊《き》いた。

「この子には家が四軒あったのよ。うちに住んでたんじゃなくて、通っていたの」フランチェスカも笑っている。

「アルフィー、きみを捜して絵を描いたんだよ。でも見つからなくて心配してた。そしたら怪我《けが》をしたって言われたんだ」アレクセイはべそをかいている。

「アレクセイ、そっとなら抱いてもいいぞ」ジョナサンがアレクセイにぼくを抱かせた。アレクセイがキスしてくれて、クレアもそばへやってきた。

　ぼくの家族が勢ぞろいしているのを見るのは、妙な気分だった。ぼくはアレクセイに抱かれたまま、みんなを眺めた。ポリーは美しさにますます磨きがかかり、膝にのせたヘンリーをあやす姿は以前よりはるかに元気そうだ。トーマスとマットも同じだった。フランチェスカはいっそう落ち着いているし、幼いトーマスはぼくがいないあいだにまた大きくなった気がする。なによりクレアに驚かされた。病院で会っていたけれど、しっかり見るのは初めてだった。また美しい女性へ開花しつつある。少し体重も増えたようだし、頬の赤みが増している。きっとジョナサンと美男美女のカップルになるだろう。

ジョナサンがアレクセイの腕からぼくを抱きあげ、クレアの家にあったベッドにおろした。そしてベッドの横に食べ物を置いてくれた。サーモンとエビ。過去最高の食事。

ぼくはみんなにちやほやされ、全員からプレゼントをもらった。誕生日みたいだった。アレクセイとトーマスがくれた絵には、猫と車が描いてあった。子どもたちは、事実を知って取り乱さないように、ぼくは道路を渡っているとき車に轢《ひ》かれたのだと教えられていた。交通安全規則ぐらい知っているし、ロンドンにある道路の半分を車をよけて渡ってきた身としては、少々不本意だった。

「道を渡るときは、気をつけなきゃだめだよ」アレクセイの言葉に、ジョナサンがウィンクしてきた。

「もうひとつプレゼントがあるんだ」ジョナサンが言った。

「あげるのが遅すぎたプレゼントよ」クレアがそっとぼくの首輪をはずし、マーガレットがつけた名札をはずした。新しい名札を掲げたクレアにみんなが拍手している。「アルフィー、ここにあなたの名前とわたしたちの電話番号が彫ってあるわ。四軒すべてのね。これでもう二度と迷子にならずにすむわ」

人間は、猫は泣かないと思っている。でもぼくの目は涙でうるうるしていた。

疲れていたけれど、やさしく接してくれるみんなの態度には愛情が感じられ、ぼくの胸はいっぱいになって、破裂しそうだった。みんな、どんなにぼくに会いたかったか口々に語った。ジョナサンの家に全員が集まっている光景は、最高のプレゼントだった。

話題は当番のことになっていた。ぼくはもう少し回復するまでクレアの家にいて、そのあいだクレアは仕事を休んで看病することになった。そのあとはジョナサンが休みを取ってぼくの世話をする。どうやら規則正しく薬をのんで安静にしていなければいけないらしい。

「かわいい猫がずっとあなたを捜してるみたいよ」クレアが言った。「お隣の子」

タイガーも会いに来てくれるだろうか。そうなったら家族と友だちが全員そろう。

やがて、アレクセイが学校帰りに会いに来ると約束し、ポリーはクレアが買い物に行くあいだヘンリーと一緒にぼくに付き添っていると申しでると、みんなが順番にぼくにキスして撫《な》でてから帰っていった。

それからジョナサンがクレアの家まで送ってくれた。ぼくのベッドは階段を上るのはまだ早いという理由で一階に置かれた。自分でも弱っているのがわかったのでその判断は正しいと思われた。

「飲み物でもいかが?」体を丸めてひと息ついたぼくの横で、クレアがジョナサンに問いかけた。

「ありがとう。ついでにテイクアウトも取らないか? おなかがぺこぺこなんだ。いや、もし一緒に食べてもかまわなければだけど」ジョナサンはぜったい少し赤くなっているはずだ。

「そうしましょう。この子が帰ってきてくれて、本当に嬉しいわ」クレアがぼくを見おろした。

「まあ、こいつにしてみれば、家のうちの一軒だけどね」ジョナサンが応え、ふたりの笑い声が聞こえた。

ジョナサンとクレアの声にはぼくがしょっちゅう自分の声のなかに感じるもの——愛が感じ取れ、嬉しくなった。ふたりはまだ気づいていないかもしれないけれど、ぼくにはわかる。ぼくはとても賢い猫なのだ。

Epilogue

あれからタイガーにはしょっちゅう会っていた。体重を少し減らす必要を自覚したタイガーは、ぼくと一緒に頑張って運動しているのだ。ぼくがいないあいだ寂しくて食べてばかりいたのにあまり動かなかったせいだと言われ、嬉《うれ》しかったけれど、もともと少しものぐさなだけだとぼくは思っている。

あの事件から数カ月がたち、いまではみんなが知るところになっている。たしかにぼくの計画は危険極まりないもので、危うく命を落とすところだったが――といっても、どんなに危ないところだったか自分ではよくわかっていないけれど――結果は予想を超えていた。

季節がめぐり、体力も戻っている。また夏がやってきた。太陽が輝き、日が長くなって夜も暖かい。ぼくはもろもろのことを乗り越えた。ジョーに襲われたこと、出かける気になれない寒い冬。そしてついに意を決して玄関から一歩踏みだし、四軒を訪ね歩く以前の暮らしに戻った。ジョナサンの家、二十二番地のフラット、そしてもちろんクレアの家。回復してから通い猫に戻っているが、状況は違う。なにしろあらゆることが変わったからだ。そして最近さらに状況が変わった。

フランチェスカ一家はエドガー・ロードから引っ越した。ただ、幸いにも引っ越し先は近所の広めのアパートだった。少し離れているので頻繁には行けないけれど、ポリーやジョナサンやクレアの家をしょっちゅう訪ねてくる。四つの家族の友情を自分が取り持った気がして、嬉しくてたまらない。みんなとても仲がよくて、それはまさにぼくが望んでいたことだった。

トーマスはレストランの共同経営者になり、仕事も順調だ。アレクセイは楽しく通学していて、両親より英語がうまくなった。弟のトーマスはよく話すようになり、英語らしき言葉をしゃべる。フランチェスカも近くの店で店員として働きだし、よく魚をおみやげに持ってきてくれる。ホームシックになる回数もめっきり減ったようだ。

ポリーは症状が改善し、母親業を楽しんでいる。おなかが大きくなっていて、どうやら赤ちゃんが生まれるらしい。ぼくの遊び相手が増えるのだ！　ポリーもマットもヘンリーも、とても幸せそうだ。歩きはじめたヘンリーにはよくしっぽを引っ張られるけれど、ふざけているだけだから気にしないようにしている。いちばん変わった点は一軒家に引っ越したことで、その家は偶然にもジョナサンの家の真向かいだった。おかげでポリーたちの家がはるかに近くなった。ジョナサンの家ほど広くはないけれど家族向けのすてきな家だ。

クレアとぼくはエドガー・ロードの四十六番地でジョナサンと暮らしている。ふたりをくっつけるもくろみが――時間はかかったけれど――うまくいったのだ。過去最高のもくろみだったのに、ふたりはちょっとばかりぼくの力を借りただけで、あとは全部自分たちでやったつもりでいるらしい。ジョナサンは相変わらずぶつぶつ文句を言っているし、クレアはしょっちゅうジョナサンを茶化しているけれど、とても幸せそうだ。クレアはジョナサンを怖がっていないし、ジョナサンはクレアを――ぼくのことも――まるで王族みたいに大切に扱う。フランチェスカの一家やポリーとマットだけでなく、ターシャもしょっちゅうやってきて、ほかの友だちも訪ねてくる。ここは人が集まるにぎやかな家になった。まさにぼくがそうあるべきと思っていた家に。

クレアとジョナサンは、さまざまなことをやってのけたぼくを〝奇跡を起こした猫〟と言う。ぼくはすっかり得意な気分だ。ふたりの話を聞いていると、四つの家族を助けただけでなく全世界を救ったみたいな気になる。でも、おそらくそうなんだろう。なにしろぼくの暮らしはいっそう充実して豊かになったんだから。

家族全員に都合のいい日課に慣れるにつれて、自分がどれだけ恵まれているか身に染みて実感した。いまは友だちと家族と愛情に囲まれている。怯《おび》えながら通りをさまよい、車や犬や凶暴な猫から逃れ、食べ物と寝る場所を必死で探した日々はもうはるかむかしの話になり、別の猫に起こった出来事のように感じることもある。でも、あれは自分に起きたことなのだ。過去は決して消えない。涙と恐怖、家族に必要とされたこと。それはぼくの一部になっている。ジョーや彼にされたことは決して忘れないだろう。なぜなら代償は大きくても、それを上まわるものを得たからだ。

アレクセイが〝親友〟をテーマにぼくについて書いた作文を持って帰ってきたときのことは、決して忘れないだろう。フランチェスカに当初イギリスで暮らすのはとても辛《つら》かったけれど、ぼくのおかげで楽になったと言われたときのことは決して忘れないだろう。クレアがぼくに救われたと言ったこと、ポリーにも同じことを言われたのを決して忘れないだろう。ぼくのせいで猫好きになってしまったとジョナサンにからかわれたこと、ぼくのおかげでフィリッパから救われたとクレアに話していたことは、決して忘れないだろう。

そして、ここまでの長い道のりは決して忘れないだろう。

大変だった時期がようやく終わり、これからくつろげる時期が始まるようにひたすら祈っている。

なにしろいまでも膝乗り猫でいるのがいちばん幸せで、乗る膝はいくらでもあるのだ。

夜になるとたまに出かけて星を見あげる。夜空を見あげながら、アグネスとマーガレットが空のどこかからぼくにウィンクしていればいいと思う。アグネスとマーガレットを亡くしてからいいことをたくさんしたようだけれど、すべてはふたりに教わった愛情と教訓があってこそだったんだから。そしてぼくは乗り越えてきたことすべてとみんなのおかげで、前よりいい猫になった。

そう、生きていくとは、そういうことなのだ。

訳者あとがき

一匹の猫で人生が変わるなんてことがあるのでしょうか？
本書には、この疑問への答えが書かれています。

主人公のアルフィーは四歳の灰色猫。やさしい飼い主のもとで何不自由なく暮らしていましたが、運命のいたずらで新しい家を探す必要に迫られてしまいます。初めての野良猫暮らしは過酷を極め、寒さと飢えと孤独にさいなまれるなか、危ない目に遭うこともしばしばでした。ただその過程で、複数の家を行き来することでリスクを分散する通い猫というものが存在すると知り、自分も通い猫になろうと決意します。放浪の果てにたどり着いた住宅地で、アルフィーは四人の住民に目星をつけました。でも通い猫として受け入れてもらうために観察をつづけるうちに、四人がそれぞれ問題を抱えていることに気づき、いつしか彼らの幸せを願う気持ちが強まっていきます。

とはいえ、猫の立場でできることは限られていて、なかなか思うようにはいきません。思いが通じないことにいらだつ日々が過ぎるなか、事態は徐々に切迫し、ついにアルフィーはひとつの賭に出ます。危険な橋を渡ってまで大切な人を守ろうとしたアルフィーに、どんな未来が待ち受けているのでしょうか。そして果たして四人の人生は、アルフィーによって変わるのでしょうか。

作者のレイチェル・ウェルズは幼いころから猫と暮らしてきただけあって、アルフィーの描写は猫を飼っている人ならうなずけるものばかりです。ともすれば冷ややかで素っ気ないと思われがちな猫が、実はどれほど感情豊かな生き物か、この作品を読めばきっとわかっていただけるでしょう。いまは新聞にも「ネコノミクス」という言葉が載るぐらい猫ブームのようですが、猫が与えてくれる癒しを愛する人がそれだけ増えているのかもしれません。

かく言う訳者も実は無類の猫好きで、作業をしながら頬がほころんでしまうことが何度もありました。

猫好きのところにはなぜか猫が集まると言いますが、本書の訳出を始めて間もなく、実家の縁の下で野良猫が出産するという事件が起きました。母猫は引っ越しで置き去りにされたらしく、とても人馴れしていたため、親子を保護して世話をしてきました。猫飼い歴は数十年になるものの、目も開いていない乳飲み子に接するのは初めてで、戸惑うことが多い一方、母猫の愛情深い子育てに感心することしきりでした。

幸い四匹の仔猫《こねこ》は元気に成長し、親子全員の引き取り先も決まりましたが、新しい家族を探す猫が主人公の作品を訳している最中に起きたこの一件には不思議な巡りあわせを感じています。

ともあれ、猫はちょっと苦手という方も猫好きにしてしまいそうな本書を、楽しんでいただければ幸いです。

そして、この作品を読んだ方のなかから猫を飼ってみようと思う方が現れ、住む家のない不幸な猫が一匹でも減るように願ってやみません。

二〇一五年九月

中西和美

訳者紹介　中西和美

横浜市生まれ。英米文学翻訳家。おもな訳書にハークネス『魔女の目覚め』、クレア『事件記者ソフィ 贖罪の逃亡』(以上ヴィレッジブックス)、マッケナ『そのドアの向こうで』(二見書房)などがある。

ハーパーBOOKS

通い猫アルフィーの奇跡

2015年9月25日発行　第1刷
2024年10月30日発行　第16刷

著　者　レイチェル・ウェルズ
訳　者　中西和美《なかにしかずみ》
発行人　鈴木幸辰
発行所　株式会社ハーパーコリンズ・ジャパン
東京都千代田区大手町1-5-1
04-2951-2000(注文)
0570-008091(読者サービス係)
印刷・製本　中央精版印刷株式会社

ISBN978-4-596-55004-0